作文七巧

王鼎鈞
著

目錄

新版自序

那些年，我常常懷念我的中學生活，一心想為正在讀中學的年輕人寫點什麼，我寫的時候覺得與他們同在。我陸續寫了五本書跟他們討論作文，也涉及如何超越作文進入文學寫作，這五本書在出版家眼中成為一個系列。現在，我重新檢視這一套書，該修正的地方修正了，該補充的地方加以補充，推出嶄新的版本，為新版本寫一篇新序。

《作文七巧》

先從《作文七巧》說起。我當初寫這本書有個緣起，有人對我說，他本來對文學有興趣，學校裡面的作文課把這個興趣磨損了、毀壞了！我聽了大吃一驚。

想當初台北有個中國語文學會，創會的諸位先進有個理念，認為文學寫作和文學欣賞的能力要從小學、中學時代的作文開始培養，作文好比是正餐前的開胃菜，升學前的先修班。我是這個學會創會的會員，追隨諸賢之後，為這個理念做過許多事情。早期的作文和後來的文學該有靈犀相通，怎麼會大大不然？

我想，作文這堂課固然可以培養文學興趣，它還有一個重要的任務，幫助學生通過考試，順利升學，這兩個目標並不一致，當年考試領導教學，在課堂上，老師可能太注重升學的需要，把學生的文學興趣犧牲了。

那時候，滄海桑田，我已經距離中國語文學會非常遙遠，不過舊願仍在。我想，作文課的兩個目標固然是同中有異，但是也異中有同，文學興趣是什麼？它是中國的文字可愛，中國的語言可愛，用中國語文表現思想感情，它的成品也很可愛，這種可愛的能力可以使作文寫得更好，更好的作文能增加考場的勝算。

於是我花了三個月的時間寫成這本《作文七巧》。記錄，描繪，判斷，是語文的三大功能，這三大功能用於作文，就是直敘，倒敘，抒情，描寫，歸納，演繹，各項基本功夫。我從文學的高度演示七巧，又把實用的效果歸於作文考試，謀求相應相求，相輔相成。我少談理論，多談故事，也是為了保持趣味，也為了容易記住。

有人勸我像編教材一樣寫七巧，我寧願像寫散文一樣寫七巧，希望這本討論如何作文的書，本身就是作文的範本。新版的《作文七巧》有二十五處修正，十九處補充，還增加了三章附錄。

《作文十九問》

七巧談的是最基本的作文方法，也希望學習的人層樓更上，對什麼地方可以提高，什麼地方可以擴大，也作了暗示和埋伏。出版以後，幾位教書的朋友為我蒐集了許多問題，希望我答復，我一看，太高興了，有些問題正是要發掘我的埋伏。我立刻伏案疾書，夜以繼日，寫出《作文十九問》，《作文七巧》的補述。

我追求文體的變化，這本書我採用了問答體。我在廣播電台工作二十年，寫「對話稿」有豐富的經驗，若論行雲流水，自然延伸，或者切磋琢磨，教學相長，或曲折宛轉，別開生面，都適合使用這種體裁。問答之間，抑揚頓挫，可以欣賞口才，觀摩措辭。當年同學們受教材習題拘束，很喜歡這種信馬由韁的方式，出版以後，銷路比七巧還好。如果七巧可以幫助學習者走出一步，十九問可以幫他向前再走一步。當然，他還需要再向前走，我在十九問中也存一些埋伏，留給下一本《文學種籽》發揮。

為什麼是十九問呢？因為寫到十九，手邊的、心中的問題都答復了，篇幅也可以告一段落了。那時還偶然想到，古詩有十九首，十九這個數字跟文學的緣份很深。有人說，你這十九問，每一問都可以再衍生十九問。我對他一揖到地，對他說：夠了，咱們最要緊的是勸人家獨自坐下來寫寫寫，從人生取材，納入文學的形式，表現自己的思想情感。求其次，希望咱們的讀者對文學覺得親切，看得見門徑，成為高水準的欣賞者。學游泳總得下水，游泳指南，適可而止吧。

《文學種籽》

這一本，我正式標出「文學」二字，進「寫作」的天地。那時候，寫作和作文是兩個觀念，我嘗試把作文的觀念注入文學寫作的觀念，前者為初試啼聲，後者為水到渠成。

在《文學種籽》裡面，我正式使用文學術語，提出意象、體裁、題材、人生等項目，以通俗語言展示它的內涵。我重新闡釋當年學來的寫作六要：觀察、想像、體驗、選擇、組合、表現，指出這是一切作家都要修習的基本功夫，我對這一部分極有信心。必須附註，這本書只是撒下種子，每一個項目都還要繼續生長莖葉，開花結果。

那時候，文藝界猶在爭辯文學創作可教不可教、能學不能學。我說「創作」是無中生有，沒有範文樣本，創作者獨闢蹊徑，「寫作」是有中生有，以範文樣本為教材，可以教也可以學。當然，學習者也不能止於範文樣本，他往往通過學習到達創作，教育的結果往往超出施教者的預期，這就是教育的奧秘。

我強調寫作是拳不離手，曲不離口。寫作是師父領進門，修行在個人。誇誇其談誤寫作，知而不行誤寫作，食而不化也誤寫作。一個學習者，如果他對《作文七巧》和《作文十九問》裡的那些建議，像學提琴那樣照著琴譜反復拉過，像學畫即樣照著靜物一再畫過，應該可以順利進入《文學種籽》所設的軌道，至於能走多遠，能登多高，那要看天分，環境，機遇，主要的還是要看他的心志。

本來《作文七巧》，《作文十九問》，《文學種籽》，這三本書是一個小系列，當時的說法是「由教室到文壇」。但是後來出現一個議題，現代和古典如何貫通，於是這個小系列又有延伸。

《古文觀止化讀》

那些小弟弟小妹妹，先讀小學，後讀中學，小學的課本叫「國語」，全是白話，中學的課本叫「國文」，出現文言。他們從「桃花謝了，還有再開的時候」，突然碰上「學而時習之，不亦樂乎！」這條溝太寬，他們一步跨不過去，只有把文言當做另一種語言來學。白話文是白話文，文言文是文言文，雙軌教學，殊途不能同歸。

當然，由中學到大學，也有一些人打通了任督二脈，但是從未讀到他們的祕笈，好吧，那就由我來探索一番吧。恰巧有個讀書會要我講《古文觀止》，我當然要對他們講時代背景、作者生平，講生字、僻詞、典故、成語、以及文言經典的特殊句法，我也當眾朗讀先驅者把整篇古文譯成的白話。大家讀了白話的〈赤壁賦〉、〈蘭亭序〉，當場有人反應：這些文章號稱中國文學的精金美玉，怎會這樣索然無味？它對我們的白話文學有何幫助？是了，是了，於是我推出進一步的讀法。

我們讀文言文，目的不止一個，現在談的是寫作，我們對《古文觀止》的要求自有重點。現在我們讀〈赤壁賦〉，不從東坡先生已經寫成的〈赤壁賦〉進入，要從東坡先生未寫〈赤壁賦〉的時候參與，他游江，我們也游江，他作文，我們也作文，他用文言，我們用白話。文言有單音詞，複音詞，看他在一句之中相間使用，我們白話也有單音詞、複音詞啊！文言有長句，有短句，看他在一段之中交替互換，我們白話也有長句有短句啊！看他文章開頭單刀直入，切入正題，看他結尾急轉直下，戛然而止，中間一大片腹地供他加入明月，加入音樂，加入憂鬱，加入通達，奔騰馳驟，淋灕盡致，這也正是我們白話文學常有的佈局啊！他是在寫文言文嗎，我幾乎以為他寫的是白話呢！我寫的是白話文嗎，我幾乎以為是文言呢！

我說，這叫「化讀」，大而化之，食而化之，化而合之，合而得之。出版後，得到一句肯定：古典文學和現代散文之間的橋梁。

《講理》

這本書完全是另外一個故事。只因為那時候升學考試愛出論說題，那些小弟弟小妹妹急急忙忙尋找論說文的做法，全家跟著患得患失。那些補習班推出考前猜題，預先擬定三個五個題目，寫成文章，要你背誦默寫，踏進考場以後碰運氣，有人還真的猜中了，考試也高中了。每年暑期，那些考試委員和補習班展開猜題遊戲，花邊新聞不少。

為什麼同學們見了論說題做不出文章來呢？也許因為家庭和學校都不喜歡

孩子們提出意見，只鼓勵他們接受大人的意見，也許論斷的能力要隨著年齡增長，而他們還小。我站出來告訴那些小弟弟小妹妹，你們的生活中有感動，所以可以寫抒情文，你們的生活中有經歷，所以可以寫記敘文，你們的生活也產生意見，一定可以寫論說文。

為此我寫了《講理》，為了寫這本書，我去做了一年中學教員，專教國文。教人寫作一向主張自然流露，有些故事說作家是在半自動狀態下手不停揮，我想那是指感性的文章。至於理性的文章，如論說文，並沒有那樣神祕，它像蓋房子一樣，可以事先設計，它像數學一樣，可以步步推演。你可以先有一個核，讓它變成水果。

這本書完全為了應付考試，出版後風行多年，直到升學考試的作文題不再獨尊論說。倒也沒有人因此輕看了這本書，因為我在書中埋伏了一個主題，希望培養社會的理性。現在重新排版，我又把很多章節改寫了，把一些範文更換了，使它的內容更靠近生活，除了進入考場，也能進入茶餘飯後。它仍然有自己的生命，因此和七巧、十九問等書並列。

這本書的體例，模仿葉紹鈞和夏丏尊兩位先生合著的《文心》，在我的幼年，他們深深影響了我，許多年後我以此書回報。感謝他們！也感謝一切教育過我的先進。

直敘

—記敘的技巧—

我們用記敘的文體記人記物記地記事。我們記下我們所發現的動靜常變今昔表裏。我們賴視覺聽覺觸覺味覺嗅覺及心靈思想發現它們。發現的過程佔一段時間，我們先發現什麼，後發現什麼，有個先後的次序。文章按著這個次序寫，就是直敘。

直敘是最難寫的一種寫法，不幸卻又是最基本的寫法，情形多半是，在作文課堂上首先要努力「禁止」直敘，後來要完成的則是善用直敘。由於直敘最近「自然」，學作文總是先順著自然寫，在這需要使用直敘的時候往往要故意回避，也是一件苦事。

照著自然的順序寫，有時十分必要。那是當「自然順序」跟好文章的要求恰恰相符之時。就像一處風景就是天然圖畫一樣，其事常有。例如當年江子翠鬧水災的時候：

那天水來得太快。我正坐在桌子旁邊寫文章，覺得鞋子濕透了，回頭一看，水正在把我的臉盆衝到門外去。我趕快站起來穿上衣，水已浸到膝蓋。當時來不及收拾任何東西，趕快往外跑，跑到後面的大樓上避水。在樓上，可以看見我的箱子從後面漂出來，先是一隻，不久是第二隻。水漲到九尺深，過了兩天才退。水退以後，回到家裏，什麼都沒有了：十年的藏書完了，十年的剪報完了，收音機、電唱機、咖啡壺這些電器最怕浸水，浸了水不如破銅爛鐵。內衣、皮鞋，都不知道那裏去了。你問我損失了多少東西，我現在也不知道。昨天晚上想到今天得早起，用得著鬧鐘，可是鬧鐘沒有了，這才想起來還損失了一個鬧鐘。究竟損失了多少東西，得慢慢的發現。

本文所記之事為家中遭受水災，行文用直敘，作者對事實出現的時間先後並未更動，依序為：

觸覺——鞋子濕透。
視覺——面盆漂浮。
觸覺——水漲到膝蓋。
視覺——水衝走箱子。
視覺——水退。
視覺——十年的藏書完了……
心靈思想——損失了鬧鐘……

這樣的文章在作文課堂上大概可以得到好評，因為作者的這一段經驗適合直敘。這樣的例子很多。

第一個例子是：我坐在臺北市九路公共汽車上，看見一位從鄉下來的農夫拿著一根扁擔上車，他看看兩廂長椅都坐滿了乘客，就站在車廂中間。他一定不常坐公共汽車，不曾拉住安全吊環，面向駕駛，堂堂挺立，手裏的扁擔竟是扛在肩上。走不多遠，駕駛忽然來了個急剎車，——你知道，在那些年月，這是司空見慣的事。說時遲，那時快；那扛著扁擔的乘客，像中古時期持矛的武士一樣衝向前去，咚的一聲，扁擔刺中了駕駛人的後腦，而駕駛人居然毫無反應。他伏在方向盤上昏過去了。

第二個例子是：新聞報導說，某縣的縣長下鄉去校閱某一個民防大隊。地方人士隆重的搭了一座閱兵臺，縣長以校閱官身分站在臺上，與陪閱人員一同看民防大隊的大隊長率領全隊以「分列式」從閱兵臺前經過，這是校閱的高潮，大隊全體一致向校閱官行注目禮，受校部隊的訓練和士氣要在此時充分表現出來。所以，為首的大隊長一面辛苦的踢著正步，一面鼓足丹田之氣喊口令：「向右看！」同時在「看」字出口時猛烈的向右擺頭。這時縣長突見黑忽忽一件「暗器」直飛閱兵臺而來，拍的一聲落在臺上；臺上諸人大吃一驚，俯身細察，原來是從大隊長口中脫落了的假牙。

也許你說，這些事都太稀罕了，我們在作文課堂上那來這麼多的「鮮」事？那麼且說另外的例子。

先說演講比賽的例子

我們都參加過演講比賽，或者去做選手，或者去做聽眾。比賽的結果通常是產生三名優勝者，冠軍亞軍殿軍。當比賽結束，主辦人宣布評審結果的時候，照例是，先宣布第三名是誰，然後是第二名，最後才是第一名。我們也許一入會場就注意那個明晃晃的銀杯，到將近散場時才知道誰是得主。我們回來寫記敘文，記述這一場我們認為很有意義的比賽，寫到宣布評審結果那一幕，我們應該照著真實的情況，筆下先出現殿軍，其次是亞軍，最後才是冠軍。我們不必改變它的次序。

另一個例子是聽榜

當年大專聯考放榜之日，廣播電臺播報錄取名單，考生的家人必定按時收聽。名單很長，播報費時頗久，也許要聽到最後才聽到自己要聽的名字（甚或終於沒聽到要聽的名字），所以「聽榜」的人得準備忍受折磨。有一位家長為了聽榜，事先買來茶葉、瓜子、糖果、點心，勸告全家放鬆情緒提起精神聽到最後一人，誰知板凳還未坐熱，開水還沒燒開，收音機裏劈頭報出「楚晉材！」就是他家的長子，考取了第一志願！全家沸騰，茶也沒人喝了，瓜子也沒人吃了。三姨五舅趕來道賀，聽那收音機還在響，伸手替他們關了，那些名字聽不聽都無關緊要。事實是這個樣子，拿來做文章也就寫成這個樣子就好。

再舉一個飛機迫降的例子

我有一個朋友由東京坐飛機來臺北。飛機到了臺北上空，空中小姐報告不能立刻降落，得等一會兒。飛機在上空兜圈子，大家趁這個機會俯瞰大臺北全景。等到看風景看厭了，飛機還在兜圈子，這就不妙了，大家難免有些緊張。

空中小姐又報告：飛機有點小毛病，輪子放不下來，請大家不要驚慌。我那朋友常坐飛機，知道駕駛員正在試著把輪子放下來，也許試著試著就成功了。又等了許久，等到飛機上的汽油燒完了，空中小姐說現在要「迫降」了，她們一一察看乘客的安全帶有沒有拴好，勸戴眼鏡的乘客把眼鏡取下來，勸裝了假牙的乘客把假牙取下來，勸每一個人都不要把手錶、自來水筆、鑰匙、指甲刀帶在身上。最後她們讓每一個人抱著毯子和枕頭。然後，空中小姐都躲起來了，飛機要用肚子擦著跑道降落了。機艙裏的氣氛很恐怖，念佛的禱告的聲音都有。——還好，安全降落，有驚無險。事實的先後順序如此，文章的先後次序也可以如此。

現在談一篇經典之作：陶淵明的〈桃花源記〉。

陶淵明的〈桃花源記〉記述一個漁人，怎樣發現了世外桃源，後來想再度前往，又怎樣失去了桃源。在這篇文章裏面，文章敘事的先後和事實進展的先後是一致的：

一、漁人出外捕魚，沿著小溪走，遇桃花林。
二、漁人穿過桃花林，來到山前。
三、漁人發現一個可疑的山洞，入內探看。
四、漁人進入肥沃的田野，安靜的農村。
五、山中人款待漁人。
六、山中人說他們的祖先在秦代搬到山中居住，與外界隔絕。
七、漁人辭出，山中人叮囑他保守秘密。
八、漁人在山洞外面的路上做記號。
九、漁人向太守報告發現了世外桃源。
十、太守派人前往桃源察看，由漁人帶路。

十一、漁人找不到以前留下的記號，無法再入桃源。

循序而進，恰到好處，我們不可能把任何一項提前或挪後。這是什麼道理？為什麼有時你可以「直敘」，有時不可？我們姑且假定，記敘文本來都是「應該」直敘的，不論記人記事記物記地，不論記動靜常變今昔表裏，不論材料來自視聽嗅觸味思，「秉筆直書」就好。這樣產生了許多記敘文。讀那些文章的人，總以為其中某幾篇寫得特別好，閒來無事還想再讀一遍，其中某幾篇又十分乏味，除了查考資料之外簡直不願意碰它。

每一代都有許多有心人。有心人發現，某一篇記敘文所以生動，多半是因為那件事情本身生動。某一篇記敘文所以平板，多半因為那件事情也平板。事實既難以左右，那麼文章也就各有不同的命運：眾人愛讀或不愛。

事情為什麼又有平板或生動之分呢？什麼樣的事情才是生動的呢？有心人加以比較歸納，找出許多條件來。條件可能很多，多得我們一時無法消受，其

中最要緊的，也許只有三項，就是

起落

詳略

表裏

三者有一就很好，倘若三者兼備，那真是「文章本天成」了。有起落，有詳略，有表裏，就用直敘；沒有這些條件又怎麼辦呢？這就得另外想辦法補救，這就要在直敘之外另有敘述的辦法。所以，直敘以外的辦法是不得已的辦法。

直敘並不是惡評，「平鋪直敘」才是。採直敘手法最忌的就是「平鋪」，平鋪就沒有起落。

「起落」是從讀者反應的強弱產生的。「平鋪」的缺點就是讀者的反應一直很弱，弱到「不起漣漪」，弄成死水無波。

精煉的文章裏，每一句話、每一個詞都對讀者產生強弱不等的刺激。作文課堂上恐怕無法考究到這個程度。姑且先用心區別大段文字的強弱起落。拿「聽榜」來說吧，文章一開始是大家準備用很長的時間聽榜，而且不免掛慮到底考上了第幾志願——那年月一個考生可以填八十多個志願！誰知報榜的人一下子就報出來大家要聽的名字，這是「起」。大家聽到了這個名字，高興了一陣子，然後發覺下面有很多時間沒事可做，這段時間本是準備聽榜的，事先把「雜務」都推開了，現在不聽榜，好像生命出現了空白，這是「落」。三舅或五姨突然提議他請大家吃宵夜，算是慶祝，他挑了一家極好的館子，那裏的菜很有名，大家還沒嘗過，這又是「起」。大家的興致很高，惟有一個人相反，他說他不去，他要睡覺。這人就是考上了第一志願的那個大孩子，考前考後一直吃不好、睡不好，現在一塊石頭落了地，突然覺得十分疲倦，鑽進臥房再也不肯出來。沒有他，好比婚禮中沒有新娘，只得改一天再說了。這又是「落」。

演講比賽宣布優勝名單，所以要把名次倒過來，跟「起落」有關。冠軍的榮譽最高，獎品最多，到底誰贏了冠軍，大家最關心。如果一開始就報出冠軍的名字來，固然是「起」，可是下面再報亞軍的名字，就是「落」，殿軍的名字，再往下「落」，情緒一步比一步低，不好。現在反過來，步步是「起」，把大家的情緒引到高潮，然後在這昂揚的情緒中發獎，在熱鬧的氣氛中散會。所以說，你要記述的事情本身有起落，你寫出來的記敘文也有起落。請記住：

讀者反應的強弱＝文章的起落

記敘文除了不可「平鋪」，還有一戒，是不可「平均」。記一天的生活，把一天分成早、午、晚、夜四個時段，每個時段寫上兩百字，但早晨做錯了一件事，得到一個教訓，寫了兩百字，夜間只是睡眠，連惡夢也沒做，也寫兩百字，這就太平均了。我們常常聽見人家批評一篇文章寫得不好，說那篇文章是

「記流水帳」，多半因為那篇文章犯了「平均」的毛病。帳本上的記載是很平均的，一塊錢可以佔一欄，一萬元也佔一欄，每一欄的大小相同。所以看帳本是一件枯燥無味的事情，除非你是會計專家。

作文在下筆之前要考慮安排什麼地方寫得詳細一點，什麼地方寫得簡略一點，有簡有繁。這個原則，連大文豪陶淵明也遵守。我在前面把〈桃花源記〉裏面的事件，按照發展的時序列出來，除了南陽劉子驥的「尾聲」，共十一條，陶淵明寫山中人的生活狀況用墨最多，連心理都寫到了，寫漁人向太守報告寫得最簡單，只有「詣太守，說如此」六個字。試想在那個年代，鄉下漁夫想面見太守，要費多少周折，太守聽了漁人的報告，也必定加上一番盤問，這些材料都割捨了。文章開頭寫那片桃花寫得很迷人，文章結尾時只說漁人「遂迷不復得路」，斬釘截鐵的斷了希望，那麼大一片桃林再也沒有提到。在十一條之中有幾條寫得詳細，有幾條寫得簡略，詳有詳的道理，簡有簡的道理。

我們試以某一次結婚典禮為習題。結婚典禮的程序不必列舉，我們注意的是，那一項值得細寫？那一項應略寫？那一項可以根本不寫？除非另有特殊理由，來賓簽名通常可以不寫。除非另有特殊理由，婚禮的中心人物是新娘，當新娘披紗捧花踏著紅毯緩步向前時，寫她的動、靜（真個靜如處子），寫她的今、昔（盛妝的新娘比平時「粗服」分外豔麗），寫你眼中的常、變（捧花是「常」，花球的種類是「變」；披紗是「常」，禮服的款式是「變」），寫你眼中的表、裏（一面戀戀不捨她的少女時代，一面興奮的迎接婚姻的甜蜜）。

重要性僅次於新娘的，當然是新郎。他平時不拘小節，今日十分整潔（今、昔），他呼吸迫促，卻竭力鎮定從容（表、裏），他照例手中握著一雙白手套，卻不知在什麼時候只剩一隻了，他竟完全沒有發覺（常、變）。除非另有特殊的理由，我們會詳細寫他。

什麼是「另有特殊的理由」？這是說，來賓中間突來了一個名人，他這人十分忙碌，簡直行色匆匆，他的自信心又特別強，簽下的名字比別人大三倍。這倒頗能增加婚禮的喜氣。這就值得寫了。有一次我參加一個婚禮，新娘腿部殘障，不良於行，由新郎攙著一同走到證婚人面前，新郎不讓伴娘攙她，一定要親手攙來攙去，而新郎是英俊的，健壯的，溫柔的。在這個婚禮上，新郎恐是我們筆下第一個人物了。

通常證婚人在婚禮上並不受大眾注意，可是有例外，如果他在致詞時確實說了幾句有益世道人心的警語，我們不寫出來未免可惜。在戰爭的年代發生過這樣的事：婚禮進行到一半，證婚人、介紹人和來賓都逃走了，因為戰爭來了。新娘得洗掉化妝換穿舊衣再逃，新郎陪著她，就在他們手忙腳亂的時候，一個將軍走進來喝問原由。將軍替他們證了婚，發給他們通行證。這時，焦點人物就是證婚人了。

取材有主從，所以文筆有繁簡，不宜平均。

作記敘文不可平鋪，不可平均，也最好做到不平滑。不平滑，文章才有表有裏。「表裏」的意思是，我們通常看事只能看見一面，就像看戲，只看見戲臺上張飛對劉備很恭敬，沒看見他倆剛剛在後臺互相指著鼻子叫罵；就像看人，只看見他穿了一身舊西裝，沒看見他口袋裏有一疊大鈔；就像看畫；只看見現在一池荷花，沒看見冬天一灘污泥。俗語說「只見賊吃肉，沒見賊挨揍。」從前地方上有私刑，抓到小偷就吊起來打，做賊的只要不失風，日子倒過得比一般人舒服。

鄉下老太太都說世事有「裏三層外三層」。簡化一下，姑且說裏一層外一層吧；倘若能既見其表，又見其裏，文章就格外生動。我們不寫報告文學，不做調查研究，又怎麼知道裏一層？不知道就算了，不過有時候那蓋在「外一層」下面的「裏」層，偶然會露出一點端倪來，就像外面黑裙飄動讓我們看見裏面有一條紅裙子，雖只恍惚一角，卻已耐人尋味。這一瞥所得，往往很有用處，抓住了，就可以使文章生色。我們在作文課堂上那點時間，那點篇幅，也只有這麼一丁點兒用武之地，無須貪多。

圖畫不但把立體的事物固定在平面上，也把時間停止、空間切斷。它展示出來的是「外一層」，但是，據宋代畫家鄧椿的記載，有一個畫家先畫一匹馬，再在馬蹄旁邊畫幾隻飛舞的蝴蝶，以表現「踏花歸來馬蹄香」的情景，就隱約露出「裏一層」來。口袋裏裝著成疊的大鈔、和皮夾裏只有車票零錢的人，單看衣冠也許難以辨別，但是其中之一聽見了「當心扒手」的警告會伸手摸摸口袋，於是洩漏了「裏一層」的玄機。在美國作家米契爾的長篇小說裏面，有一個家庭主婦，婚姻似乎十分美滿，後來她不幸得了重病，終至不起，臨終時低聲喊一個人的名字，顯然是個男人的名字，那人不是她的丈夫，不是她的兒子，不是她的哥哥，誰也不認識那個人，只有年老的奶媽知道那個名字是誰，她在喊初戀的情人！她並不像一般人所想的快樂。這真是「豁然開朗」，接著又煙霧迷濛！

世上不知有多少事，只因為多出來一丁點兒，我們才得到好文章。記得有個老和尚，平素吃齋念佛，有一天生了急病，入院開刀，開出牛排來。記得有個雜貨店老闆跟太太激烈爭吵，下午開獎了，店裏還有兩張獎券沒賣掉，老闆太太說「不退回去了，自己留著碰碰運氣吧，賣了二十年獎券，月月看人家中獎，怪眼熱的。」可是她的丈夫堅決反對。他對獎券的看法是：這玩藝只能勸人家買，自己從中賺些蠅頭微利。吃齋念佛的老和尚有個「裏一層」，它藉著牛排露出一角來；一臉熱情勸人發財的老闆也有「裏一層」，從只賣不買露出一線邊緣來。露出來的都不多，都若隱若現，這就夠了。

回頭看那個「聽榜」的例子：當時全家欣喜若狂，只有那個考取了的人倒頭便睡，他在考前考後受了多少折磨啊，這是「裏一層」。或者，他沒睡，他的爸爸心滿意足的問：「兒子，你想要什麼做獎品，儘管說！」做兒子的沒精打采的說：「爸，別的我也不要，你把我的畫架畫筆還給我吧！我想好好的畫幾張風景。」原來他的興趣在畫，父母卻逼著他念物理。

就以上的例子。可以知道：

作文的材料有隱有顯，可以形成一裏一表。

〈桃花源記〉有起落，有略詳，也有表裏。

先說起落。文章開頭，「晉太原中武陵人捕魚為業」，是很平淡的，漁人撐著船沿溪而行，也沒什麼特別。但是「忽逢桃花林」，桃林的面積那麼大，桃花開得那麼茂盛，景象迷麗爛漫，似幻似真，讀者的反應加強了，文章有了「起」勢。

漁人一直往前走，想看看桃林究竟有多大。「起」勢一直維持到桃林盡頭，「落」下來。落到水源，山洞。但是山洞裏有光，漁人鑽進去了，洞很深，也很狹窄。文勢又「起」。以後寫漁人發現了桃源；一直在「起」勢之中，但起與落原從比較而來，起勢之中仍然高低相間，錯落不平。漁人先看見農田和農作物，聽見雞鳴狗吠。然後高上去，看見小孩子。再高上去，看見許多成人。這些人見了漁人反倒嚇了一跳。文勢稍稍下降。大家接漁人回家吃飯，態度十分友好，並且說了「知心話」。山中人說他們的祖先是「避秦」來此。文勢上昇。他們根本不知道秦朝已經亡了。漁人告訴他們，秦後面是漢朝，漢朝也亡了。漢之後有魏，而現在是晉。山中人聽見了這些滄桑變遷，同聲感歎。這些都足以使讀者產生很強的反應。

這最重要的一段文字寫完之後，漁人辭別；是「落」。山中人請他保守秘密，是落中之「起」。他找到自己的船，是「小起」之後的又一次「落」，但他一路上做記號，顯然有所圖謀，是小落之後的又一次「起」。下面漁人去見太守報告發現，太守派人尋訪桃源，步步上揚，是一次「大起」，但是漁人怎麼也找不到留下的記號，無法再入桃源，是一次「大落」。

文章尚有尾聲。南陽有個劉子驥，是一位高尚之士，他聽說山中有個世外桃源，十分嚮往，決定前往尋訪，這又是「起」。但是他沒有找到，（或者沒來得及去找）就病故了，以後再沒有人打聽桃源在那裏。像舞臺上的大幕緩緩降下來，文章結束了。

〈桃花源記〉是一篇短文，居然有這麼多起伏，這是大文豪才辦得到的事情，我們作文，如能有一起一落（或者最後再加一起），就是得到訣竅了。同時我們要明白，文章寫到〈桃花源記〉這般水準，你讀了有你的感受，我讀了有我的反應，彼此並不一致，因之，你認為是「起」的地方我可能認為是「落」，彼此找到的起伏線並不相同。

例如，前面說山中人輪流款待漁夫是「落」，也許不然。山中人看見漁人闖進來，他們安靜了幾百年的社會突然產生了危機，這個漁人可能把外人引進來，破壞了他們的幸福，他們雖然和和氣氣的陪漁人吃飯談天，內心其實是很焦慮的。他們最後叮囑漁人「不足為外人道也」，就露出「裏一層」來，殺雞為黍都是對漁人「行賄」！那實在是「起」，不是「落」。

再看文章結尾，劉子驥有志未成，病死了，以後再沒有人打聽桃花源在那裏了，我說是「落」，你也許認為是「起」。世界上「高尚之士」如此之少，人人只能在濁世中打滾，不知道超脫，偶爾有個高尚之士，又齎志以歿，這是多深多大的感慨，這當然可以說是「起」。

由於感應因人而異，起落沒有標準，很多人反對分析文章中的起落，認為毫無意義。誠然，起落云云是不科學的，沒有共同的標準，但是它又何必有共同的標準呢？總之：

它有起有落；
你認為起落在何處就在何處；
你寫文章時也注意起落。

這就行了。

〈桃花源記〉的「詳略」，前面大致談過，現在且說「表裏」。這篇文章是通過漁人的經歷來敘寫的，漁人眼中的桃源是一個表層，敘寫到山中人叮囑漁人保守秘密的時候露出少許裏層來。山中人的想法似乎是：雖然已經改朝換代，還是不受外面的官府管轄治理比較好，他們大概是對政治徹底失望了。他們既不喜歡那社會，又不能改變那社會，只有繼續躲起來。漁人在山中停留的那幾天，山中人也許秘密的開過好幾次會吧，會議的結論大概是，他們不希望再得到什麼，但求不失去現在已有的。……這些，你可以自由想像。

「不足為外人道也」，山中人也太老實了，自己先把身世和盤托出，再求人家保守秘密，憑什麼相信漁人能遵守諾言？難道憑那幾天的酒飯？他們深知人心的俗惡甚至詭詐才入山惟恐不深呵。不錯，他們並未忘記歷史經驗，只是反應遲緩了一點，等到醒悟過來，就用極笨的方法補救，乾脆把漁人出入的山洞堵死了。他們總要不眠不休汗流浹背幹上幾天吧，老實人都這樣，整天忙著填補聰明人留下的坑洞，以免自己掉下去。這就難怪他們要躲得遠遠的了。……這些，你可以自由推論。

「裏層」就是引起讀者的想像和推論。

有人讀了〈桃花源記〉，認為山中住的不是人，是一群神仙，那迷離恍惚的桃林，正好是仙凡的分界線。漁人跑去報告太守是俗不可耐的舉動，他從此墜入塵寰，再也與桃源仙境無緣。他之「迷不得路」，既不是山中人消滅了標誌，也不是因為「春來遍是桃花水」，而是隨著漁人的一念之轉，通往桃源的路自動消失了。這個說法是錯誤的嗎？也許是吧，要知道，也只有〈桃花源記〉這等水準的文章才會引發這樣的「錯誤」呢。

讀了〈桃花源記〉，回頭再去讀那一段記述水災的文章，文章和文章之間的差別實在很大。

讀了那一段記述水災的文章，再讀下面的文字呢：

昨天是星期天，天氣很好，我們去逛××花園。早上九點，吃過了早飯去等公共汽車，等了一個小時才擠上去。十一點到公園，先在門口排隊買票。進園以後，看見杜鵑花開得很茂盛，紅的黃的白的都有。杜鵑花園旁邊是玫瑰花園，也開得很漂亮，很多人在那兒照相。往前走，滿地細細碎碎的小花，不知道叫什麼名字。再往前走，轉一個彎兒，左邊是一個池塘，鋪滿了荷葉，右邊是一個花架，花架上頭爬滿了花，花架底下有石桌石凳，有幾個老人坐在裏面休息。池塘的盡頭有龍舌，龍柏，一棵一棵綠油油的。有個人在公園那一頭賣包子，很多人圍著他買，我也走過去買了兩個吃，滋味不錯，再買一個。三個包子吃下去，覺得口渴，就到公園外面去找賣汽水的。

同是直敘，這一篇「遊園」又比那篇「避水」差得多。文章原來分成許多等級！

你現在是在那一級？作好了拾級而上的準備了嗎？

倒敘

—記敘的技巧—

一般而論，記敘文講求真實，不尚虛構。「開學記」，記本校開學那天的情況；「遠足記」，記上個星期天本班郊遊的見聞；「我的家」，教師想藉作文了解你的生活；「我愛讀的書」，教師想藉作文了解你的知識。

拿「開學記」來說吧，我們可以先把材料一條一條記下來：

看到的——
聽到的——
嗅到的——
吃到的——
碰觸到的——
想到的——

我們要藉著這些材料，寫出「開學」的動、靜、今、昔、表、裏、常、變。即使不能全寫，也要把其中一部分寫出來。原則上，我們照時間的順序寫。我們既希望忠於事實，也希望文章可讀。若想兩者兼備，得事實本身具備構成好文章的條件；也就是說，得有婀娜的身材，才有曲線美好的旗袍。

倘若那事實本身不能支持我們的寫作，怎麼辦呢？把想像放在第一位的文學創作可能索性不管實情實況，只求文章好，怎麼精采動人就怎麼寫。他照著理想的尺寸裁製一件旗袍，不管眼前的人合不合身。我們也許不能這樣辦。某一所著名的中學裏發生過這樣的事：老師出了個題目，要大家寫「我的母親」。他在一個女孩子的作文簿上讀到「我的母親改嫁過兩次，我現在既沒有父愛也沒有母愛」。教師惻然心動，專誠去訪問那位母親，才知道作文簿裏的曲折全是虛構的。母親發覺女兒瞎編身世，又驚又痛，跑到學校裏去更正，在教務處放聲大哭起來。

我們只能在「忠於事實」的原則之下動一點小小的手腳。也許，我們只要把時間順序更動一下，把先發生的事放在後面，後發生的事移到前面，文章立刻就出現精采。例如，「如果秀英肯嫁給我，我要結婚了。」是一句很平淡的話。倘若倒轉過來：

我要結婚了！——如果秀英肯嫁給我。

就有明顯的起落。「我要結婚了！」肯定的口吻，突然的宣布，是「起」。下面緊接著假設，原來八字還沒一撇呢，是「落」，可是下面無聲勝有聲，你是覺得這人魯莽得可笑呢，還是癡情可憫？這又是「起」。

語文引起的反應有時是很「奇怪」的。有一個普遍流傳而不明出處的故事說，某君問他的牧師「祈禱的時候可不可以抽菸？」牧師堅決表示不可。某君接著問：「抽菸的時候可不可禱告？」牧師的回答卻是「可以！」反正是一面禱告一面抽菸，何以得到不同的判決？我們可以體會，「祈禱的時候可不可以抽菸？」祈禱在先，抽菸在後，牧師認為開始祈禱時既未抽菸，怎可中途羼入？那不是太不虔誠太不專心了嗎？「抽菸的時候可不可以祈禱？」抽菸在先，祈禱在後，心不在「菸」，這時不專心反而是好現象。

文章，先出現那個字，後出現那個字；先告訴讀者那件事，後告訴讀者那件事，頗有講究。我們不妨常做一種練習，把許多語句倒過來說一遍，咀嚼一番：

風霜雨露——雨露風霜

不眠不休——不休不眠

三長兩短——兩短三長

種瓜得瓜，種豆得豆——種豆得豆，種瓜得瓜

無名英雄——英雄無名

仍然是那幾個字，只因調換了位置，就有不同的滋味。我們先看見「前門

進虎」，想從後門逃走，縱是「後門進狼」，還可以衝殺出去，狼比虎好對付一些；如果先是「後門進狼」，向前門退卻，不幸又「前門進虎」，豈不陷入了絕境？「天崩地裂」，天崩的時候人還可以伏在地上，或是鑽進山洞裏，然而地又裂開了，沒有希望了，其間有過掙扎；「地裂天崩」，地裂開了，人掉下去了，天崩與否已是無關了，似乎就不像「天崩地裂」那麼恐怖。諸如此類的例子很多。

李後主說「春花秋月何時了」，沒說「秋月春花何時了」，恐怕不只是聲韻上的理由吧。由秋月而春花，是由寂涼而熱鬧，由春花而秋月，是由絢爛而蒼白。李後主先為人君，後為臣虜，當然是「春花秋月」才切合。東坡說「江上之清風，山間之明月」，不說「山間之明月，江上之清風」，他說這句話的時候是遊江，是在船上，由江風到山月，視界提高擴大，是「正三角形」；由山月到江風，視界縮小，是「倒三角形」。

這是一件極其複雜的事情，簡直可以說，人的心靈有多複雜，這事就多複雜。我們現在不能深究，且先萬中取一，鍛鍊一種功夫，必要時改變記敘的時間順序；以補救直敘的「平鋪」之弊。這就是：

後面發生的事移到前面來寫，
前面發生的事移到後面再寫。

第一個可能：把整件事倒過來寫。

傳述民間故事的人常常使用這個方法。前人的筆記留下一個故事，有個縣太爺升堂問案，案情是妻子告丈夫，因為丈夫打傷了太太。為什麼要打太太？因為「她毀壞了我的全部家產」。說來可笑，所謂「全部家產」，只是一枚雞蛋。妻子為什麼要摔破那個雞蛋呢？因為丈夫要娶小老婆，丈夫對她說一枚雞蛋可以發家，蛋生雞、雞生蛋、蛋再生雞，累積財富買豬，賣豬買牛，賣牛買田造屋，那時成了富翁，不能只有一個太太。此事的時間順序是：

一、丈夫提出「一枚雞蛋興家計劃」。
二、丈夫說發財後要娶妾。
三、妻子怒摔雞蛋。
四、丈夫打傷妻子。
五、妻子告狀。
六、縣官問案。

說故事的人完全把順序倒轉過來。我不知道縣官怎樣判定本案的曲直，想必他在判決之前先要笑起來吧。

另一個故事是，大家在村莊外頭看「野臺子」戲，看著看著，忽然李大娘推了張大嫂一把：「你怎麼抱著南瓜來看戲啊？」那完全生活在劇情中的張大嫂這才回到現實，大叫一聲「我的孩子呢」？她本來是抱著孩子趕到戲臺前面的啊。既而一想，跑過南瓜地的時候曾被瓜秧絆倒摔了一跤，孩子一定還在瓜田裏，於是戲也不看了，瓜也不要了，跑到瓜田裏找孩子。東找西找，找不到孩子，找到一個枕頭。是了，她正在摟著孩子睡在床上，聽見外面鑼鼓響，抱起孩子就往外跑，她好久沒有機會看戲了！太興奮了！快中有錯，八成抱起來的是枕頭，不是孩子。趕緊跑回家去，推門一看，孩子在床上睡得正甜呢。這個故事也是完全倒過來說的，倒著說才這麼有趣。

報紙上天天有這樣「倒過來寫」的記敘文。新聞，十之八九用這種寫法，新聞記者的專業訓練裏面有一項就是這種寫作技巧。他們倒不是為了有趣。

報紙的版面是像拼七巧板一樣用許多新聞拼起來的。拼版的時候，可能發現某一條新聞長了些，佔的空間大了些，得把它刪短，拼出來的版面才勻稱好看。所以，新聞稿多半把事實最重要的部分寫在前面，不甚重要的寫在後面，越往後越不重要。這樣要刪短就很方便，把最後的一段兩段拿掉了，新聞仍然很完整。

新聞要「新」，時間最近的那一部分往往是最重要的部分。兩個明星今天結婚，「結婚」最重要，他們上個月訂婚就比較次要。兩個明星今天訂婚，「訂婚」最重要，他們去年開始戀愛就比較次要。重要的寫在前面，次要的寫在後面，不正好把時間順序倒過來嗎？

還有，並不是事實發生了就成為新聞，得發展到一定的程度才「構成」新聞。以〈桃花源記〉為例吧（姑且假設那是真人真事），漁人出外捕魚，怎能算是新聞？他發現了一個彷彿有光的山洞，怎能算是新聞？連他在山中住了幾天都不能算是新聞，直到他見了太守，報告發現，直到太守派人調查，這才構成新聞。

那麼寫新聞當然由構成新聞的時候寫起，再一層一層補充。

那麼時間的順序就倒過來，後發生的事在前，先發生的事反而在後。

我們可以想像，當太守決定派人前往調查世外桃源時，新聞記者立刻發出如下的新聞：

本郡境內群山之中可能有一群與世隔絕的居民。本郡太守指派了一個三人小組負責進行調查。

太守是根據一個漁夫的報告作此決定。

這個漁夫曾在那「化外之地」居住了七天，那裏的居民待他很好。那些人的祖先是在秦代天下大亂的時候搬入山中居住的，幾百年來和外界沒有任何聯繫。他們根本不知道秦朝已經亡了，更不知道現在的國號是晉。

這個可稱為「世外桃源」的地方有肥沃的土地，淳樸的人民，寧靜的生活。那裏的人並不願意再回到我們這個大社會裏來。

這個「世外桃源」是怎麼發現的呢？漁人說，他看見一個山洞裏彷彿有光，就走進去……

〈桃花源記〉是不需要倒寫的，這只是一個例子，一個極端的例子，說明「把整個事件倒過來寫」大概是怎麼樣的寫法。

第二個可能：把事件的一部分倒過來寫。

這種寫法最常見。且舉一首詩為例，詩短，舉例方便。我們談的是散文，你可以在意念上把它「譯」成散文，這首詩是宋朝詩人曾几寫的：

梅子黃時日日晴
小溪泛盡卻山行
綠蔭不減來時路
添得黃鸝四五聲

四月，雨後，豔陽高照之下散步、泛舟，回來的路上聽見黃鸝叫。黃鸝的叫聲是很清脆動聽的，叫得夏天很充實，很有朝氣。這裏有一個問題：黃鸝為什麼最後才叫？為什麼去時不叫來時叫？是黃鸝的叫聲一直有，詩人留到最後才寫嗎？我想是的。前面已經有雨有晴，有溪有山，還有泛舟有步行，已經很豐富了，若再加上黃鸝就太擁擠了，後面又太空虛了，所以，詩人把它移到後面去了。

這個方法可能把平直的事件處理得有些曲折。參觀博物館那天，你早晨出門，中午回家，看到不少古物，似乎平直。如果你早晨惟恐遲到，匆匆趕車，博物館裏琳琅滿目，看完了才忽然想起來早晨沒來得及吃早飯，難怪中午肚子這麼餓。這就有曲折有起落了，「早餐」這件極平常的事情，忽然發生了很大的作用，完全因為你把它移到中午。

同樣的「型式」可以寫出不同的文章。也許你不是遊博物館，是看下午六點開演的電影，到了散場時才想起還沒有吃晚飯，——本該吃過晚飯再入場的。這部片子的吸引力真大，使你把晚飯忘記了。

「早飯」可以換成別的東西。你利用暑假找了個臨時工作，在藝品公司當店員，店裏有個小女孩專管打掃清潔，每天擦擦洗洗沒個空閒。她一時失手打破了一個花瓶，老闆告訴她：「你得賠，用你的工資，這個星期你沒有錢可拿了。」小女孩哭起來，她說不把工資拿回家一定要受爸爸的責罰。你心裏不忍，替她賠出來。事後自己覺得好笑，——以上都是直敘——你是為了賺學費才打工的，錢還沒有賺到，先貼了老本。你的經濟狀況也不好，父親也常為了錢發脾氣。這些事本來發生在打工之前，現在移到打工之後才寫。你用了那個「忘記早餐」的模式，你拿「自己的學費」和「早餐」代換。每一種型式都可以推廣使用而且加上變化。你這篇文章的結尾可以加上感想：幫助別人沒有錯，自足也是應該，人生的快樂也許就是兩者兼顧吧。

假想另一個題材：叔叔家裏本來沒有狗，星期天去看嬸嬸，居然添了一隻漂亮的獅子狗，家中頓時熱鬧了許多。你在記述了這隻狗的可愛之後，——以上都是直敘，——忽然想起一個問題：這隻狗是從那裏來的呢？它有個奇異的來歷，這就是把先發生的事移到後面來寫了。

同樣的型式：我家院子裏有兩棵樹，晴天有鳥叫，雨天有淅瀝聲，夏天有濃蔭。可是這兩棵樹當初是誰栽的呢？……

繼續推廣：學校裏有個老校工，鬍子都花白了，天天還是搖鈴打鐘，燒水送茶，他對每個學生都很好，學生都管他叫伯伯。他獨身一人，沒有家室，在這個學校裏服務也有二十年了，那麼他以前是做什麼的呢？他年輕的時候是怎麼樣的一個人呢？……

按照一般通行的說法，這顛倒時序的寫法叫「倒敘」，倒敘是使文勢變化的基本方法。

但是請注意：倒敘畢竟是不自然的，如果讀者覺得它違反自然，就不容易接受。所以：

「倒敘」經常偽裝成好像也是直敘的樣子。

偵探小說是倒敘嗎？也許是吧，一件罪案要先有犯罪的人，犯罪的動機，犯罪的方法，實施的步驟，而偵探小說一開始就寫犯罪的結果。

從罪案的發生看，偵探小說是倒敘；就偵辦的經過看，警察的確是先看見了屍體，再去查死者的姓名，清查死者的人事關係，假設涉嫌的人，一步一步水落石出，最後將兇嫌逮捕。時間的順序就是如此。這豈不又像直敘？

寫偵探小說，作者的佈局的確想倒過來寫，但他不能以兇手的眼睛建立視點，要以警察或偵探的眼睛建立視點，正是為了避免「赤裸」的倒敘。

幾乎每一個談論「倒敘」的人都舉過下面這個例子，各家的「版本」略有不同，我也略有斟酌。故事的大意說，某君從異地還鄉，見家中的長工趕著馬車在車站迎接，頗感詫異，他以為弟弟會開著汽車來的。

他和長工之間有如下一段對話：

「家裏的汽車呢？」

「昨天撞壞了。」

「怎麼撞的？」

「二少爺開快車。」

「哦！我弟弟怎麼樣？」

「在醫院裏急救。」

「咳！他開車為什麼不顧安全呢！」

「因為他要送老太爺去醫院。」

「我爸爸怎麼啦？」

「他老人家突然得了心臟病。」

「本來好好的，怎麼突然病了呢？」

「因為家裏失火，房子都燒掉了。」

寫這個故事的人似乎有意把整個事件倒過來說，但是讀來十分自然，他不但使我們「聽見」家破人亡的慘變，也使我們「看見」一個拘謹的、遲鈍的、口才笨拙的老僕，他透過人物性格使倒敘顯得合理，也就是說使讀者「誤以為」仍是直敘。

有人在外面應酬了一天，回家後發覺遺失了打火機。那打火機是個紀念品，他不能淡然置之，就坐在家裏，抽著菸，回想可能失落在什麼地方。他把當天所到的地方、周旋的情景一一在腦子裏檢查一遍。他倒用不著按照時間先後排列相反的次序。他可以先想印象最深刻的，先濾掉沒有可能的。

早晨到某旅館看某人，在那裏並未抽菸，不可能遺失打火機。

下午四點陪朋友喝咖啡，大家稱讚他的打火機，有人開玩笑說要「沒收」，他也用開玩笑的態度抓起打火機，裝進口袋裏起身就走。這一幕印象最深刻。

剩下的，一個是中午的餐會座談，一個是晚上的喜酒，這兩個地方最可疑。喜筵上一直有人點菸敬酒，自己的打火機有沒有拿出來過？……

這也是倒敘吧？然而它是順著「他」的思維寫的。

如此這般，我們有兩個問題：一、從什麼地方倒敘；二、怎樣「偽裝」成直敘的樣子。

民間傳說有很多女子比男人強，而且她們大半是丫鬟或姨太太。據說有一次，蒙面大盜侵入一個富人的家庭，把全家人都綑起來再大肆劫掠，有一間上了鎖的屋子無法進入。盜匪斷定屋子裏有值錢的東西，威嚇富翁交出鑰匙，富翁的太太嚇慌了，說出鑰匙在姨太太身上。姨太太知道不能抵賴，就坦然說：「你們放開我，我打開鎖，帶你們進去拿東西。」強盜認為一個女流不足為患，就給她鬆了綁。她果然開了鎖，舉著燭臺，跟在強盜後面指指點點，使強盜找到金銀。（此處故意遺漏一件事。）強盜走後，富翁急忙報案，官廳查問強盜的模樣，都說強盜蒙著臉，看不出來，獨有那位姨太太說，她替強盜秉燭照明的時候，故意把燭淚滴在強盜的衣服上，希望官廳趕快搜尋；但看衣服後背有蠟淚的，便是疑犯。（前面遺漏的事在此處寫出來。）官廳憑此線索，果然破案。

在這個故事裏，把姨太太留下破案的線索改為倒敘，增加敘述的曲折起落，這是把「關鍵」移後，讓讀者有所期待，有期待而後有滿足。倒敘的「偽裝」也很成功；姨太太的布置在當時是一大秘密，旁人看不出來，強盜感覺不出來，只有姨太太自己知道，但她恨不得連自己也瞞著，所以讀者對此一隱秘的氣氛不加抗議，以為自己也「應該」和在場的人同樣懵然。如此始能破案，而讀者贊成破案。

使用局部倒敘的人不要忘記了，「倒敘」的部分敘完以後，多半要回到主流，繼續直敘下去。這樣，直敘的「大形式」併吞了倒敘的「小形式」，倒敘始完全自然。姨太太設計破案的線索，是倒敘，官廳憑線索破案，是歸於直敘。同理：

那個遺失打火機的人，在左思右想、東找西尋之後找到了打火機，並慎重的收藏起來。

那個坐在馬車上驚聞家變的歸客，只嫌馬車太慢，恨不得一步走完。

那白髮蒼蒼的老校工，平生最愛兒童少年，所以選擇了現在的職業。

在我家院子裏栽樹的人早已不知那裏去了，誠所謂「前人種樹，後人乘涼。」

嬸嬸一直希望有隻狗陪她，如此這般得到了獅子狗，不寂寞了。進電影院或博物館之前不早已餓了嗎？現在電影散場趕快吃飯吧。

倒敘是直敘的變化、調劑，整體倒敘的散文很少；局部倒敘的散文，其倒敘的部分多半不會很長。而且，倒敘完畢回到直敘以後，文章也快要結束了。這就是說，倒敘的部分多半在文章的後半段，甚至有人定出比例，認為約佔三分之一的篇幅。

特殊的例子總是有的，試看：

越王勾踐破吳歸
戰士還家盡錦衣
宮女如花春滿殿
到今祇有鷓鴣飛

李白的這首詩，倒敘的部分竟佔了四分之三。這樣寫成的散文也有時可以見到。

最後的問題是，縱然使用倒敘，那材料仍然不能寫成一篇可讀的文章，怎麼辦？如果這是課堂上作文，你只得硬著頭皮寫，如果是自由寫作，那就放棄這個材料算了。並不是每一經驗，每一見聞，每一思慮都是文章，我們放棄的材料比使用的材料不知要多幾十倍。不過放棄並非「丟棄」，你可以保存著，說不定什麼時候忽然有了用處。

以上的說法盡量約束了寫作時的想像力。一開始我就說，我們是討論忠於事實的記敘文，只希望事實在讀者眼中生動一些。

在想像的天地裏應該沒有乏味的事情，你可以「加油添醬」，甚至可以「妙造自然」。老夫老妻無言對坐，結婚五十年把可說的話都說完了，多乏味啊，文章怎麼做得成呢？但若可以任意想像，就有一個螞蟻在老太太臉上爬，跌進皺紋裏頭爬不出來，老太太挺富泰，紋溝一擠，幾乎可以把螞蟻活埋了！

老先生望著妻子的臉微笑，像五十年前的笑法，而老太太也忽然靦腆起來。

有一年，我穿過臺北市新公園，一個十三、四歲的小朋友向我兜售獎券。那時正是上午。我問他怎麼不上學，他說祖父躺在臺大醫院的三等病房裏缺錢。臺大醫院近在咫尺，我教他帶著我去看他的祖父。進了迷宮似的臺大醫院，那小朋友忽然不見了，一條條走廊上只有灰沉的光線和使人聯想到屍體防腐的藥水氣味。我想那孩子撒了謊，又在無以自圓的情勢下逃走了。這件事我一直不能忘記，也始終不能寫出來，材料本身有缺陷，倒敘也難以補救。若是擺脫限制，自由想像，那孩子把我領到病房，朝著病床上的老太太或老先生虛指一下再躲開，而我不知是詐，上前和老太太攀談起來，豈不就可以得心應手寫下去？

在想像受限制或想像力不夠的時候，寫散文的人宜乎用「觀察」來補救。身在局外，用視覺、聽覺、味覺、嗅覺、觸覺去發現可寫的材料，都算「觀察」。若非觀察，怎知有老翁老婦默然對坐。若非觀察，怎知老翁微笑。

不但寫老翁微笑，而且寫老翁為老婦臉上的螞蟻而微笑，而且寫老婦因老翁之笑而靦腆，是靠進一步的觀察，連續觀察。

連續觀察下去，或者可以發現，兩人雖然無話可說，卻並不走開。老婦坐在那兒打毛衣，老翁坐在那兒玩撲克牌，這兩種「活動」真是風馬牛不相及，並無坐在一張桌子上的必要，然而他們誰也不肯走開。這就又「觀察」出一些「意思」來。五十年來，兩個人的「領域」已合而為一，他們互相依存。如果有材料，此處可以開始「倒敘」了。

或者，你看見另外的景象。那打毛線的老婦，忽然起身離座，她要走開嗎？不是，她拿著快要完成的毛衣到老翁身上比試，她是替丈夫打毛衣！過了一會兒，老翁把撲克牌收攏、疊好，起身離座，他是要走開嗎？不是，他活動一下筋骨，又坐下了。他還對老婦說：「你的運氣很好，我算出來了。」原來他是替太太卜卦玩兒呢！兩人在形跡上很淡，在情意上卻是很濃。這不是更有意思嗎？也許這些年，老翁老婦常常無言對坐，一個為一個卜卦，一個為一個打毛衣，或是其他諸如此類的事情，表現出良好的默契。如果有材料，這也是倒敘的時候了。

我們怎能知道他們以前的生活呢，又不能觀察他們一輩子。或者你得跟他們談談，你得「訪問」。訪問是觀察的一部分。

發現了「有意思」的現象，好比找到「礦苗」；進行訪問，就是「開礦」。

如果老師說，明天遠足，後天作文寫「遠足記」，那麼你在車上不能只打瞌睡，你得跟車掌談談，你在中午不能只吃包子，你得跟小販談談。你進了廟不能只求籤，你得跟和尚談談。

這樣，材料就多了。把材料一條一條列在紙上，從其中選出若干條來寫你的「遠足記」，想想用那一條開始，那一條結束，那一條倒敘，或者根本不必倒敘。

人多半喜歡談他自己，所以訪問多半會有收穫。倘若碰了釘子呢？你不是想把文章寫好嗎？那就不要灰心。

抒情

──抒情的技巧──

抒情文寫的是情。

其實不獨抒情文，記敘文議論文也離不了「情」。如果不是某件事引起了我們的喜悅、警惕、悲憫或欽仰之情，我們幹嗎要記它敘它呢？如果無愛無憎，心如止水，我們又何必對別人的主張議之論之抑之揚之呢？無情固然不能抒情，無情恐怕也不宜記敘議論。

不過，記敘文畢竟以所記所敘的事物為主，議論文以所議所論的理為主，兩者都比較客觀。如果說文學作品都是主觀的，那麼記敘議論是「主觀中的客觀」。

抒情文以情為主，它可以由事由理引起，但文章裏的情「淹沒」了那事那理。借景生情，情溢乎景，因事生情，情溢乎事，臨地生情，情溢乎地，睹物生情，情溢乎物。它的表現是主觀的。

極端的例子要向詩中尋找。有一個詩人到情人的墓前憑弔，適逢天降大雨。他回來寫詩，責怪上天為何把暴雨降在他的愛人的墓上？讀詩的人質問：

雨到底應該降在那兒？別人的墓也在淋雨，為什麼她的墓應該例外？如果雨神也畫個租界，那麼本來應該落進租界裏的雨勢將「轉嫁」到別人墳上，這樣公道嗎？——不錯，你有理，詩人理屈，但是情長，他本來就是在抒情！

我們中國把人的感情區分為「喜怒哀懼愛惡欲」七大類。「喜」大概就是家有喜事的那個「喜」，大概也包括了「樂此不疲」的那個「樂」。「哀」是現在所說的「悲」，「惡」是愛的反面，而「欲」大概是現在所說的慾望。前面所引那個男子的遺言，「惡」和「欲」的成分多，「愛」和「哀」的成分少。

情與人事結合，又生出許多名目，如親情、友情、世情、愛情、思古之幽情、出世之逸情、慷慨之豪情。情的況味是複雜而細微的，你要睡著了，有人怕你受涼，拿件大衣替你蓋上，此中情味如何，要看那人是誰。那人是父親，是母親，是老闆，是朋友，是同性朋友還是異性朋友，你的感受絕不相同。

人是感情的動物，由一片黃葉飄落到一個親人死亡，都使你「有動乎中，必搖其精。」苦行僧夜宿樹下，每三天換一棵樹，惟恐對那一棵樹戀戀不捨。

就這樣，人的感情連感情，感情生感情，連結成一張網，把你圍住困住。也許結了繭，一生衝不出去。

有些事物引起的情感特別強烈，例如母親留下的老花眼鏡，震撼力很大，尤其是家用拮据的母親，一副眼鏡用了多少年，不惟式樣老舊，鏡片也起了毛霧，而且可以想像，這眼鏡的光度也跟不上眼睛的光度了吧。然而這副眼鏡的所有者，白髮蒼蒼的老太太，就是透過這混濁的光線，瞇著眼睛穿珠子，把絲線穿進塑膠珠的小孔裏，一串一串的穿了十幾年。我們並不是她的兒女，我們甚至根本不知道她做過什麼，只要看見那副飽經憂患的眼鏡，就禁不住內心感情之洶湧了吧。

從前，食指浩繁的家庭往往給最小的兒子另找父母，這疏散出去的子女，照例要和原來的家庭斷絕聯繫。於是發生這樣的事：做哥哥的（也是個小孩子）常常跑去探望弟弟，帶一塊糖給他，或是送他一隻蟬。弟弟的新父母受不了聒噪的蟬聲，覺得兩個孩子的交往對家庭構成威脅，就狠狠的隔斷他們。有時候，小哥哥忍不住，不免拿著一隻蟋蟀或是一隻麻雀，在弟弟的新家附近流連徘徊，探頭探腦。如果我們知道這是怎麼一回事，看他那模樣，怕不只要惻然心動吧。

一個寫作的人，一旦受到深深的感動，他怎樣做？我想，總不會記下他發現了一副舊眼鏡就滿足了吧，尤其是當他遇身局內的時候。有一個少年，他寫了這麼一篇文章：

我的爸爸本來是個賣包子的，他在公園路有個鋪子，是那種叫做違章建築的木板屋。生意真好，他整天剁餡兒。

製餡兒的人是包子鋪裏的靈魂，我家的包子能夠馳名四方，全靠餡好。爸用兩隻手拿兩把菜刀剁餡，動作極快，供應不斷，從不讓買包子的久等。剁餡用的砧板是用很厚很結實的木材做成的，兩三年後就變薄了，而且像硯臺一樣留下了凹痕。它不能再用，爸得去買一塊新的砧板來。

人家都說爸做的包子天下第一，理由如下：包子是中國食物，最好的包子應該出在中國，而中國的包子又以我們家做的最好。不騙你，我每天上學放學從包子鋪門外走過，常見有人坐著汽車從老遠的地方來買包子。現在爸不賣包子了，公園路那一排木板屋也早拆掉。當年那幾塊不堪再用的砧板還在，爸把它帶回家掛在書房裏——他現在有書房了——當做紀念。他常常指著砧板告訴我們為人不要好逸惡勞。

他寫的是一篇記敘文。後來，身為人子的他，在父親蔭庇下受大學教育的他，對這一篇「舊作」越看越不滿意，於是有一次大規模的改寫。改寫後的「新作」又是什麼樣子呢？

每逢看見有人彈鋼琴，我就想起父親。

每逢看見有人使用英文打字機，我就想起父親。

每逢從收音機裏聽到平劇的鼓聲，我就想起父親。

父親不打鼓，不打字，也從來不彈鋼琴，但他的雙手比打鼓、打字、彈鋼琴的人忙碌十倍，也巧妙十倍。當我上小學的時候，每天背著書包從父親開設的包子鋪門前經過，總看見他在剁餡兒。他兩手並用，雙刀輪番而下，打鼓似的、彈琴似的敲響了砧板。當我去上學的時候，包子鋪裏的成品堆得像小丘那麼高，他仍然不停的剁餡兒，好像他的工作才開始。放學回來，成堆的包子不見了，賣完了，他仍然在那兒剁餡兒，好像永遠沒個完。

那條路上有許多小吃店，許多行人，還有來往的汽車，聲音十分嘈雜。可是而今在我的回憶之中，只有一種聲音，一種擂鼓的聲音，輕一陣重一陣，密一陣疏一陣，從路的這一頭響到那一頭，整條街上的木板屋都發出共鳴。

這是父親的戰鼓，我踏著他的鼓聲去上學，踏著他的鼓聲回家，我是在他的戰鬥裏長大的。

那是多麼嚴肅沉實的聲音啊！聽那節奏，就知道他的手法多麼純熟，知道這個枯燥的工作消耗了他多少歲月和熱情！包子鋪的生意極好，很多人從遠處開著汽車來買，稱讚這一家的包子「天下第一」。父親什麼表示也沒有，只是擂他的戰鼓。

然而父親對他的戰鬥是頗為自豪的，他每隔兩三年要換一塊新的砧板，舊砧板在無盡無休的切剁和刮洗之下變薄了，中間凹下去了。父親把這些不堪再用的砧板當做紀念品好好的收藏起來。

現在，父親不賣包子了，他把那幾塊紀念品掛在他的書房裏。客人來了，不明就裏，還摩挲欣賞，問是那派藝術家的構製呢！只有我知道，那是一位生活的巨匠在完成了四個孩子的教育之後偶然遺與的幾件小品，留作我們的傳家之寶。啊，父親！父親！

這該算是抒情文了。拿這一篇跟上一篇比，很明顯的增加了詠歎語調。詠歎的調子是抒情的。

跟上一篇比，這一篇在敘事之中，處處寫出作者自身的感受。這一篇字數比上一篇多，敘事卻比上一篇簡化，許多地方以作者內心的感受為主題，外在的「事」是個引子。

抒情文是以作者的內心感受為主題的

就像翹翹板，前一篇文章是「事」的一端較重，「情」的一端較輕，這一篇，「情」比「事」要重，翹翹板平衡了，可是「情」的那一端馬上又沉沉下墜了。

抒情文多半是「情」比「事」要重，「情溢乎事」的。

在「以情為主」的原則之下，我們無可避免的要接受兩點：

就作者而言，敘事不宜詳細，甚至有時不必清晰。在抒情文裏，「事」只是豆之棚，瓜之架，要預留適當的空隙，情感才有發抒之地。這和音樂劇相同，音樂劇的情節多半簡單鬆散，以便安置音樂。

我家小兒子讀初中的時候，中學旁邊原有一座池塘，趕早到校的學生，可以駐足欣賞好幾種水鳥。池塘邊有幾棵大樹，樹也是鳥的家。

可是學生越來越多。校方決定擴建校舍，就把池塘填平，改為球場。幾棵大樹當然也殺掉了。

愛好體育的同學，有了新運動場，不免「雀躍」三尺，可是那些真正的雀兒鳥兒卻淒涼了。每天早晨，它們還在操場上空盤旋呢。還站在操場邊上觀察呢。還在附近的草地上一面尋找一面唧唧喳喳的談論呢。

這些鳥兒，它們昨晚在何處安身呢？它們是否也有一種哲學足以解釋這滄桑巨變呢？它們是否也有一種神話預言濃蔭綠波將恢復舊觀呢？

如果你寫抒情文，伐樹填塘都只能寥寥幾筆；而且要避免旁生枝節。如果也要寫包工的人怎樣偷工減料；當地保護環境的人怎樣呼號反對，可能寫得很熱鬧，但是怎樣抒情呢？抒情是需要一些寂寞冷清的。

如果一件事情根本就是複雜的，例如三角戀愛，在抒情文中多半不作詳細交代，予人以含糊曖昧的感覺。難言者，事也；可得而言者，情也。一篇抒情文這才能夠順利產生。

再說讀者。

身為讀者應明白，抒情文是不能「考據」的。

他說「我的血管連著他的血管」，你幹嗎要解剖呢？他說：「我飲下滿杯的相思」，你幹嗎要化驗呢？他說他將在銀河覆舟而死，你又何必搬出天文知識呢？他說他坐在那裏坐成禪，坐成小令，坐成火山，你又何必搖著頭說不可能呢？

他說的血管、銀河、火山，都是一種情，都和生理、天文、地質毫無關係。抒情文裏的記事其實並不是記事。「從你的瞳子走出來、流浪終生」，豈是記事？「莫道繁華無憑，山鳥記得百花開過。」豈是記事？並非記事，全是抒情。

最有名的例子也許是蘇東坡的前赤壁賦。拿它當做記敘文看，它可以說是失敗了，東坡居士弄錯了地方，他所遊的根本不是三國鏖兵的戰場；拿它當抒情文看卻是偉大的作品，那思古之幽情，曠世之豪情，瀟洒之逸情，十分迷人。評論家以情取文，那地理上的錯誤竟未貶損此文的價值。

最無名的例子也許是，一個愛好寫作的人乍見那副老花眼鏡，內心震動，情感洶湧，發為文章。可是等到他第二次看到那副眼鏡的時候，才看清楚它並沒有什麼特色，顯不出戴這眼鏡的人嘔盡心血，上次的印象竟是一瞥之間的錯覺。那麼，是不是他已經寫成的那篇文章應該作廢呢？不然！那文章所表現的「哀哀父母、生我劬勞」的人子之痛是真誠的，是在世上沒有眼鏡之前就存在的，是可以脫離那副眼鏡而獨立的。

散文是年輕人的文體。

抒情文是年輕人最易表現特色的一種文章。

散文在形式上最自然，最自由，可以隨意揮洒，不拘一格。它恰恰配合青少年身心的成長。

記敘文，議論文，都要建立在可靠的根據上，這根據無論如何是外在的，是比較客觀的，是有賴下一番功夫的，相較之下，抒情文的真性至情，是自內蘊蓄、天然流露的，是人同此心、盡其在我的，是天分多於功力的。

無論如何，寫「哀哀父母、生我劬勞」的心情，比記述「賢妻良母的一生」要容易，比寫「怎樣振興孝道」要容易。——找材料比較容易。

也比較容易有特色。這裏那裏，常有年輕的朋友在抱怨：「刊物的篇幅都被名作家、老作家佔據了，我們要發表一篇作品是多麼困難啊！有誰會注意我們呢？」有一位十九歲的朋友對我說：「有些編者是只看作者姓名而不看文稿內容的，而讀者又是先看作者姓名後看（或不看）作品的。」

看起來，老作家、名作家有長久的寫作歷史，廣泛的公共關係，熟練的表現技巧，向文藝的世界舉步進軍的大孩子似乎不是他們的對手。每天，一個編者坐在寫字臺旁，審閱一分又一分來稿，這時，他的寫字臺上在展開一場無聲的戰爭：作者和作者間的戰爭，裝備精良訓練有素的老作家似乎頗佔優勢。

不，情勢並不悲觀。年輕人也有他的優勢，他的優勢來自他的抒情本色。他能把抒情文寫得極好，為許多老作家所不及。

他有新鮮的角度。

他有豐富的感應。

他有率性的真誠。

這些，老作家當然也有過，而且可能至今未曾失去，世人稱讚這樣的作家

「不失赤子之心」。但就一般的趨勢而論，「樹大自直，人老自智」，這個智是智慧，也是理智。他經歷過太多的事情。他分類歸納了它們。他覺得日光之下無新事而有常理。他寫雜感發議論自有獨到，可是抒情，他多半得退出一舍二舍，讓出由年輕人表演的空間。

年輕人不但有喜，有悲，有愛，有憎，而且能在文章裏喜其所喜，悲其所悲，愛其所愛，憎其所憎。他寫出來的東西可能不老練，但是可以不敷衍，不扭曲，不矯情。他能寫出惟有年輕人才寫得出來的散文，突破老作家的掩蓋。

為什麼文人多半「窮而後工」呢？因為文人既「窮」，就會對自己忠實，對文學忠實，他對別人無須敷衍了，也不必矯情了，能像年輕時代一樣全神貫注，心口如一。

年輕人天然屬於文學，尤其是抒情的文學。

在抒情的文學面前，年輕人的疏於觀察，不諳世故，都可能由負數變成正數。

你也許還不知道，今天的編者在打開滿筐的來稿時，先找年輕的字跡和陌生的名字，他需要未知數。

今天有許多讀者，在書攤上打開新出版的雜誌；先從目錄上尋找陌生的名字，總要有幾個陌生的名字，他才肯買這本雜誌。未知數可能大於已知數。

當年我教人寫作，有位同學說他實在不知道寫什麼才好。我問他：「你有沒有哭過呢？」回答是當然有。我說：「寫你那次哭的滋味，寫你哭時心理的想法。」

「何必寫出來給人看呢？多難為情呢？」

「你的作業可以免繳，」我說。「把自己的感情當作羞恥的人，怎能走進文學的世界呢？」

又有一位同學說：「我想來想去，都是些雞毛蒜皮的小事，不值得一寫。」什麼才值得寫呢，「就像是入水救人啦，拾金不昧啦。」

有人帶著女朋友遊碧潭，這裏那裏指揮女朋友擺姿勢做表情照相，怪辛苦的。可惜他臨出門時太緊張，相機裏忘了裝底片。這個過失，終於在吊橋上拍照的時候發現。他失聲叫了出來。

女朋友伸過手來：「讓我看看。」一看之下，頓時大怒，揚手朝橋下丟去。男朋友搶救不及，急忙伏在橋欄上察看，卻見下面一位船夫正好伸手接住了。

那位船夫仰起臉來，兩人遙遙相望。「這是你的相機吧？」船夫問：「還要不要？想要，拿獎金來！」那時，扶輪社定的辦法，從碧潭救出一個快要淹死的人，可得五百元的「救溺獎金」。

這件事看來很熱鬧，值得寫，其實，即使橋下沒人接住相機，仍然可寫。

即使女朋友沒拋相機，仍然可寫。

即使相機裏沒有忘記底片，仍然可寫。

拾金不昧固可記事，無金可拾，空蕩蕩的街心燈影，寂寞一片，豈不更宜抒情？入水救人是文章，臨淵羨魚也是文章。

臨淵羨魚比入水救人要平凡得多，那麼正好是抒情的題材。

人有七情，在小說戲劇中七情俱到，散文似乎有所選擇。以我的印象，時下散文寫「哀」（悲），觸目皆是，幾乎是抒情的主調。「愛」常和「悲喜」交織或融合，人的情感本是如此。「喜」「樂」「愛」也常在一篇文章中互相代替，例如「農家樂」裏面有「豐收之喜」「鄉土之愛」，「讀書樂」離不了「愛書成癖」「欣然忘食」和偶然以低價購得珍本的慶祝心情。情就是情，這些不必強為畫分。

抒情散文很少寫「怒」，簡直避免寫「惡」和「欲」。七情中沒有「恨」。中國文學的術語中雖有恨字，卻不作仇恨解釋，七情中沒有恨字，「怒而惡」大約就是吧。抒情散文極少有「怒而惡」的作品流傳，從一般選集和文集中很難找出例子來。我懷疑抒情散文若是寫恨，讀來怪可怕的，若是淋漓寫怒不可遏，恐怕又未免可笑。作家總要等一等，等那「怒」轉化為諷刺，等「怒而惡」昇華為悲憫，等「欲」淨化為欣賞或曠達再動筆的吧。

散文要「抒」的是人的「高尚感情」。

作家為了「精於藝事」，必得努力提昇自己，這是寫作對人的良好影響之一。

記敘文可以增進我們的知識，議論文可以增進我們的見解，抒情文對此二者「應該」無能為力。抒情文「應該」給我們情感教育，使我們由無情而有情，由卑劣之情而優美之情。

情是肺腑真誠，無情也是。卑劣之情是肺腑真誠，優美高尚也是。這種改變是自內而外的改變。

有一個常寫散文的人，他的寫作歷程中有如下一個故事：抗戰時期他是流亡學生，由一所國立中學收容。總務主任是個蠻橫的人，幹過文官也幹過軍職，把官場的壞習慣帶到學校裏來，弄得學生每餐都吃不飽。這位總務主任常說：「共赴國難嘛！等到抗戰勝利就可以吃飽了。」

某年暑假，我的朋友到另外一所國立中學訪友，發現人家的伙食無論質量都高出許多，抗戰沒勝利照樣也可以吃飽。同樣是國立學校，同樣的經費，同量的主副食，為什麼我們要過荒年？經過一番研究，他寫了一個改進的辦法。

回到學校裏，他聯合各班的班長簽名陳情，要求校方實行他的方案。校方置之不理，他們就一同向校方請願。十幾歲的大孩子嘛，說話有什麼起承轉合呢，那裏懂委婉含蓄的諷諫之道呢，說著說著，「不像話」的話出了口，校方刷刷刷寫張布告把他開除了。

人非草木，豈能無情？他在離校之前寫了一篇「抒情文」表示他的憤怒。他認為，我們總要長大的吧！將來我們總也會有一點兒橫行霸道的能力吧！那時，無論在何時、何地，只要和那總務主任相遇，我們立即給他一頓拳打腳踢！

現在看，這些話如果是小說中的一段，當然沒有什麼，若是如此抒情獨立成篇，實在有點「那個」。不過那時我們並不覺得。

二十年後，我們在朋友的喜筵上湊巧與那位總務主任同席。他已真正衰老，皮骨之間甚少脂肪，眼睛也不大睜得開，手臂和臉頰都使人聯想到出土的古玉，慘白而有屍氣。他除了和風濕病奮鬥以外，生命力所餘無幾。二十年前的事也都不記得了，倒要向我們問長問短，找尋回憶，那情狀不像老人回憶壯年；很像是青年人回憶幼童。

那天晚上，我的朋友沒了脾氣，頻頻向老者勸菜敬酒。然後他再寫一篇散文。可以說，這一篇是上一篇的延續。他說，他覺得，那天面對的是另外一人，與當年的總務主任並不相干。也許這些年吃得太好了吧，二十年前的飢餓已經不再重要。可憐的總務主任，他即將走完他的一生，他年輕的時候總也有過理想吧，在艱苦抗戰的年代，漫長的八年，他總也有過一些貢獻吧，現在不是連他自己都不記得了嗎？難道他的一生只剩下剋扣我們的伙食這一項紀錄嗎？為什麼人的記憶力用在猜忌仇恨上特別有效而持久呢？那些事又豈是他一個人耍的把戲呢？

拿這篇文章跟以前的那篇比，這位朋友的情感豈不是昇高了嗎？

情感是有高下之分的。宋代名臣張詠的詩中有一句「獨恨太平無一事」，他的朋友蕭楚才替他改了一個字，獨「幸」太平無一事。為什麼要改？「獨恨太平無一事」，天下太平何恨之有？莫不是想造反？弄出文字獄來怎麼辦？為了詩人的安全，當然要改。我想這只是一部分理由吧，「獨恨太平無一事」的人也許是想到邊疆去立功，也許想到水旱之區去救災，要天下有事他才有用武之地去發揮自己的賢能。如果這樣，他的功業令名要建築在多少人的痛苦上？要有多少死亡流離的畫面給他做布景？這不是太自私了嗎？改成「獨幸太平無一事」，詩人的情操不是要高一些？

文人作家大概都有一個抒情的時代。其中有些人，年紀大了，理智增長了，往往「悔其少作」——後悔從前寫過那些文章。我們不禁想問他：

是後悔流露了自己的感情嗎？

是認為某一件事「不配」浪費自己的感情嗎？

前者是否定文學的功能，否定自己的作家身分，令人無話可說。後者是對世事改變了見解，幾乎是作家的共同經歷。其實「行年五十而知四十九年之非」，何止作家！幾乎每個人都以為他曾經愛過不值得愛的人，或是崇拜過不該崇拜的英雄，或是對無義之友傾肝吐膽，或是——難道他在五十之年要把以前四十九年裏的抒情紀錄銷毀嗎？不必，但是有一個條件：他的文章是情溢於事的。

前面對情溢於事已有解釋，現在舉一個實例：

今夜我獨自看星，身旁的空位留給了風。我已跟風結拜，眾星星和好。我曾因星星吻你而嫉而恨，而今我知星本無邪，我看滿天燦爛如讀你的遺愛。

你是風一樣的走了，卻又風一樣在左在右。每顆星都攝了你的影子。你的話仍刻在梧桐樹上。你踏過的枯葉至今生花。在小河的漩渦裏花瓣仍盤旋不去。只是夜把冷露給了我，日子不再像溫泉一樣。

我總是在風裏等你。在星下等你。在露中等你。一年五季隨你的眼波弄潮，相思成樹，連虬橫空，把密麻根鬚伸進我的神經。聽你指著星空笑牛郎，笑他不敢過河，笑他幾千年還不能進化造船。你不是織女，你不知道芭蕉的葉心要捲緊了往外抽，不知道荷葉一旦傾斜，水珠紛紛跌落，就再也不能重圓了。我們現代人的能力究竟比牛郎大了多少？送你遠行的那天，我就想到，噴射機不只載人重逢，也便於製造離別。

噴射機像雲一樣消失，雲卻是噴射機留下的巨大的影子。雲若九萬里鵬翼，掠過長空，塗抹大地，使湖泊山嶽森林變色。但是它抹不掉夜的黑，抹不乾黑中的露。它抹不去你在我的透明的人生中留下的光線不能穿過的盲點。你不是織女，而我竟成牛郎。

描寫

—描寫的技巧—

描寫，寫的是景。

「景」不限風景，而是包括風景在內的種種「景象」。一山一水是景，一顰一笑也是；一春一秋是景，一生一死也是。寫景的方法用「描」。

從前的大姑娘都會「描花」，描花是繡花的預備工作。繡花先有底稿，各式各樣的底稿在閨閣之中輾轉複製，那時沒有影印機，她們的辦法是拿薄紙鋪在原稿上，以極細的筆畫把「花」的輪廓畫出來，她畫得很細心，很靈巧，對花鳥蟲魚的線條的美很敏感，這就是「描」。

從前愛字的人看見一張好字，看見名家書法，十分喜歡，光是這樣看看實在不夠，愛字的人拿很薄的紙鋪在原蹟上，用毛筆，用很細的線條，把字的輪廓描下來，描出一個一個空心的字來。愛字的人就有了一個副本，這個副本叫「雙鉤」，雙鉤是「描」出來的。其他愛字的人看不見原蹟，只看雙鉤，從雙鉤中去溫習他以前所見到的原蹟，想像以後可能見到的原蹟。

我們要好好的體會這個「描」字。現在輪到我們「描」出景象，供別人去溫習去想像。我們「描」，並不藉重線條，而是使用語文。例如，李後主：

晚涼天淨月華開

漂漂亮亮，簡簡單單，乾乾淨淨，卻是讓你百看不厭，像雙鉤描出來的名家的字。

好的描寫可以使我們對久已熟悉的事物有新的感受。好的描寫使我們對陌生的事物恍如親見親歷。

下面一段文字的作者，想對「錶」加以描寫。他寫得好不好呢？請你給他打個分數。

……這是一個扁平的小小的盒子，裏面裝著精巧的機件，發出滴滴的響聲。每響兩下，算是一秒。它計時的功能隔著一個玻璃罩子顯示出來，這一部位叫「錶面」，由1到12環列著十二個數目字，代表十二個小時。錶面的中心有一根細軸，是三根細針——秒針、分針、時針——的樞紐，秒針走一圈，分針走一步；分針走一圈，時針走一步。時針走兩圈是廿四個小時，代表地球繞日一周的時間，稱為一天。

「錶」可以掛在胸前，可以裝在袋裏，也可以戴在手腕上。戴在腕上的錶叫手錶，女人的手錶設計成手鐲的模樣，實用之外，也是漂亮的裝飾。老式的手錶，十二個數目字規規矩矩，清清楚楚，現在手錶太普及了，每個數字用一根發亮的短棒來代表，戴錶的人憑短棒的位置一望就知道幾點幾分。這樣，錶面的美術設計有了更大的自由，設計出來的樣子千變萬化，買錶的時候會把你的眼睛看花了。……

這樣的作文當然不壞，可是引在這裏，我得說它幾句壞話。它「說明」的功用大，「描寫」的效果小。如前所述，描寫使我們對久已熟悉的事物有新的感受。沒見過手錶的人恐怕很少吧，手錶是大家「司空見慣」之物，這個題目不寫則已，要寫，用灌輸常識的態度加以「說明」，未免多餘。

「說明」之難在說得簡潔明確，「描寫」之難在描得生動新鮮。歷來作家狀物寫景都對「新鮮」下功夫。有人說，詩人筆下，不過是寫些風、花、雪、月罷了；誠然，不過好詩裏的花是完全新鮮的花，好詩裏的月是完全新鮮的月。「新鮮」的意思並不是說風有紫氣，或月呈三角形，而是給我們新的感受。

我們只好再找一段文章來對照參考：

代表十二個數字的十二根短棒環繞圓心。秒針急急忙忙的去撥動每一根短棒，使它們產生意義。然後分針慢吞吞的去做同樣的事，使那些短棒產生另一種意義。三種針的位置和關係不斷變更，在錶面上切割出許多角來，夾住那不可捉摸的時間。

錶面的圖形變化也許不只代表時間。秒針把一個角越變越大，同時使相鄰的角越來越小，終於大的角完全並吞了小的，但是盈虛消長周而復始，秒針繞了一圈從頭做起，大角又變小了。最典雅的圖形是六點正，時針分針拉成直線，秒針也和時針重疊了，錶面左右兩個半圓，均勻調和，實在好看。這種美可以維持一秒鐘，對欣賞美的人來說，一秒夠了。

也還有別的美。九點十五分的時候，分針時針拉平，秒針正指著十二點，剎那間，十，十一，十二，一，二，五根短棒都特別光亮柔和了，因為一根明燭正插在平臺上映出半圓。緊接著，秒針移到橫線之下，在中間垂直而立，立成一根柱子，支持著一團傘形的花球。

秒針的針尖極細，細得黏在錶面上，每走一步都要費盡力氣擺脫吸力。它的貢獻實在大，把一個扇面打開再合上，合上再打開，每打開一次換一幅畫，令人觀之不足。難怪世上有許多人戴著名貴的錶，卻從來不守時間，他們八成是看呆了。

不管你喜歡不喜歡，這一段跟上一段不同，這是描寫。它寫自己心中的錶，而不僅是眾人眼中共見的錶。它寫出錶的一種精神，而不僅是它的物質構造。

它的確是很盡心、很專注的在「描」，但它的底本卻是一種非錶之錶。

這樣，我們找到三個可能：

說明眼前的景象；

描寫眼前的景象；

描寫心中的景象。

我們作文總是避免把說明當做描寫使用，而在描寫時，又常常使眼前景象和心中景象交織交融。就方法而論，前後兩段描寫「錶」的文章不妨混合重組。對作文有興趣的人何不拿它當做一個習題，看能做出什麼樣的結果來？

無論是描花或雙鉤，都是謹細的，節制的，所需要的技巧是單純的。兩段寫錶的文字，正是如此謹細的、節制的、單純的去「描」眼前的或心中的錶。也許這樣才使讀者充分體會用語文去「描」究竟是怎麼一回事。實際上，作家寫作的時候並不如此小心翼翼，他還有很多方法可用。他們深知若欲使眼前與心中交融，非增加若干自由不可。有些地方我們得立刻向他們學習。

第一，你正在寫波浪滔天，忽然放下波浪，去寫群山萬壑，因為山峰山谷和波峰波谷有些相像。

這就是使用比喻。「發明」比喻的人實在是偉大的天才，替天下後世解決了一個極其困難的問題。用語言文字直接描寫事物，最容易辦到，可惜多半很難出色，但是，你若用這句似乎平凡的話去比擬類似的另一事物，這句話的內部就好像有什麼潛力忽然奔放出來，予人以毛蟲化蝶的驚喜。「山外有山，忽起忽伏，連綿不斷」，也許費盡心思只能寫到這個程度，那麼，丟下山峰去想海浪，海浪也「忽起忽伏，連綿不斷」，用海浪去「比」群山，說群山是凝固的海浪，海浪就救了群山。也許有一天，還可以用「忽起忽伏，連綿不斷」的群山去救海浪，把海浪描寫成「沸騰的群山」。兩個牛皮匠，一個諸葛亮。

兩件事物不能完全相像，比喻只取其近似的一點。山和海相反之處頗多，但都是「連綿起伏」，單就這一點著眼，山可喻海，海也可喻山。詩人曾經用流水比喻許多東西，「車如流水」，大概相當於廣東話裏的「遊車河」，馬路如河床，滿街是車，行進的方向相同，有如河水。「相思如流水」，大概是說全心全意投入，不能停止，也沒有保留。「光陰如流水」，取其一去不返，「落花流水」，取其無動於衷，（至於「打得落花流水」則是取其破碎狼藉。）大概流水的用處不止如此，還有很多事物可以被喻，有待我們發現。

世上的事物太多，我們只對其中一小部分比較熟悉，若有人向我們談及一件完全陌生的東西，多半要從我們熟知的東西裏舉出一樣來打比。「東飛伯勞西飛燕」，伯勞是什麼呢？老師說，伯勞也是一種小鳥，形狀和燕子相似，學生（國文課堂上的學生，不是生物課堂上的學生。）就覺得問題解決了。比喻是以熟悉喻陌生，以已知喻未知。中國從前流行的比喻多半是北方人最熟悉的，如冰清玉潔，雪膚花貌；多半是農民熟悉的，如雞蟲得失，狗偷鼠竊。是不是因為中國以農立國，中國文化的發展又自北而南呢？是不是因為創用這些比喻的人熟悉冰、雪、雞、狗呢？

前面那一段寫「心中之錶」的散文，也用了一個比喻，拿打開扇面來比錶面上兩針之間的夾角逐漸擴大。想想看，還可以增加一些什麼樣的比喻？記住，要用大家熟悉的事物去比陌生的事物，就像用大家都見過的扇面，比擬大家沒有注意到的錶面上畫面的變化。

想想看，鐘錶和人的生活多麼密切，人人身上像是裝上了自動開關，內通五臟六腑，時間一到，就站起來往外走，時間一到，就躺下去睡。

想想看，臺北火車站臨街裝置的電鐘，高高在上，萬人仰望，夜晚有光照亮鐘面，怕不像一輪明月？臺北人可能沒好好看過臺北夜空的月亮，一定仔細看過這座鐘。每天有多少人神定氣閒的來到鐘前，抬頭一望，馬上小碎步跑起來了；多少人急急忙忙來到鐘前，抬頭一望，站住，掏出一支香菸來，點上了。

想想看，每一個手錶都不是孤立的。它們有一個龐大的家族，族長住在氣象局，它們還有國際背景，跟格林威治天文臺息息相通。它們有嚴密的指揮系統，每天中午十二時正，全族照例要向族長報到校正自己的錯誤。

比喻的基本句型是「像……一樣」，為免呆板，可以變化。「語言的價值像銀子一樣，沉默的價值像金子一樣」，可以簡化為「語言是銀，沉默是金」，不用「像……一樣，」用「是」。「山是眉黛聚，水是眼波橫」，這是一個變型。你可以做一個練習；把許多「像」型的比喻改為「是」型。

還有一個變型可以叫「想」型，「雲想衣裳花想容。」「比喻」能發生功用本靠人的聯想，由花想到她的容顏，是因為她的容顏像花。於是，「夜晚，我一看到火車站尖頂上的時鐘，就想起中秋明月。」「我看見月亮，想起樽檬。」都可以作比喻用。但是「看見檸檬想起維他命C」就不是比喻了。試試看，找一些「像」型的句子改為「想」型。

還有一種變型可以叫「成」型，例如「雨水加上霓虹燈的倒影，柏油路面紅成晚霞。」描寫一個人十分忙碌而又完全不能自主，可以說他「忙成一具陀螺。」描寫一個人化妝過度；可以說他「把自己的臉塗成一副面具。」這個句型的特點是，「成」字前面一定有一個詞把「喻」和「被喻」的共同關係說出來，在「像」型的句子裏，這個詞通常在一句之末。例如：

「她唱成一隻百靈。」也就是

「她像百靈鳥一樣愛唱。」

「他把自己煉成鋼鐵。」也就是

「他像鋼鐵一樣經過鍛鍊。」

以上幾種句型不論怎樣變化，「喻」和「被喻」都在句中並存。比喻最高的技巧是，被喻之物完全不見了，只有「喻」在發揮。「水深火熱」說的不是水火，「金玉其外」說的也不是金玉。「在山泉水清，出山泉水濁」，如果只是說泉水，杜甫還能算是詩聖嗎？這些都另有所指，都是比喻，「被喻」的部分隱藏不見，因此稱為隱喻。

把鐘錶比成大家族的那段文字，說「它們有一個龐大的家族；族長住在氣象局。它們還有國際背景，跟格林威治天文臺息息相通。它們有嚴密的指揮系統，每天中午十二時正，全族照例要向族長報到校正自己的錯誤。」這段文字裏的家族、族長、國際背景、指揮系統、報到，都是隱喻。

當你學習一些生字生詞時，你可能同時在學比喻。學過「兔脫」了吧？把「兔脫」，解釋為「迅速逃走」是不夠的，它是「像兔子一樣逃走了」，只有農家出身的孩子，有過「獵兔」經驗的，才知道這個比喻傳神。同理，「學業荒廢」並不是把功課忘記了而已，還帶著田裏沒有莊稼只有野草的形象。「井井有條」，莫忘了有條不紊的井田制度。當我們說「罷了、罷了！」的時候要想到，「罷」字是獸落在捕獸的網裏，它完了！

於是可以發現，許多成語乃是變形的比喻。成語「借鑒」，好像很陳舊了，「找個鏡子來照照看」就新鮮些，其實兩者的意思還不一樣？「穹蒼」，天空像一個圓形的帳篷的篷頂。「耿介」，那人的脾氣好像一身鎧甲從來不換睡衣。「開張」，那人的商店像一張弓般的拉開了，（那人開了店，精神緊張得像一張拉足了的弓。）如此這般，也許能夠「化腐朽為神奇」，找出許多比喻來用在我們的文章裏。

雄心——像公雞一樣充滿了自信。

暴躁——他成了在烈日下劈拍響的乾柴。

馴至——像是你的心愛的小貓，慢慢的走過來，悄悄的挨近了。

唱名——他像唱歌一樣念出那些人的名字。

倒霉——他好像一交跌在一堆腐爛的垃圾上。

母金——那筆錢像一隻母雞，過一些日子就生出一枚金蛋來。

……

第二，暫時放下要寫的景象，去寫那景象周圍事物的變化。就是烘托。

烘托是「烘雲托月」。畫畫兒的人通常是在紙上畫個圓圈兒，當做月亮。他也可以不用線條畫月亮的輪廓，他畫一片雲，在雲裏留一個圓形當做月亮。他沒有直接去畫月亮，而是用雲把月亮襯托出來。作文寫景也可以這麼辦。在畫家口中，「烘托」和「白描」是兩種不同的方法，但是在寫文章的人嘴裏，烘托仍然屬於描寫，他們把「描」的意義引申、擴大了。

作文怎樣「烘托」呢？通常是不直接寫我們要寫的事物，去寫那事物引起的反應。前面寫鐘，忽然離開了鐘，說是有人看了鐘以後神色緊張，有人看了鐘以後從容不迫，那幾句就離「烘托」不遠，倘若沒有鐘，人們就不會有如此的動作表情；今竟如此，讀者就會對鐘之存在有深刻的印象。

有一次，一位畫家為人畫像，我們圍在旁邊看。被畫的人和畫家相向而坐，我們則站在畫家背後，被畫的人是看不見畫的。十分鐘左右，一張鉛筆速寫人像完成了，這時被畫的人可以看見畫了，可是他並不馬上看畫，他對我們說：「我知道他畫得很好。剛才他作畫的時候，我從你們的眼睛和神情知道他畫得很精采。」

「看臉色」的經驗人人有，有時候，我們一步跨進辦公室，看見大家的神色，就知道這裏剛剛發生過一件可笑的事，或是令人憂慮的事，成語有「面面相覷」、「相顧失色」，我們用熟了，用慣了，習焉不察，忘了初創者的匠心。電影常在恐怖的事件發生時去特寫許多人的臉，惡人把好人吊死，導演「不忍」把好人絕命的樣子照出來，就去照在場目睹的人，照他們的臉，照出憤怒、恐懼、哀痛，或是痙攣抽搐。

烘托之法常用在不便直接描寫或不易直接描寫的地方。

夏季常有大雨，將雨之時，雲暗天低，空氣中有一種看不見的壓力，想直接描寫這種壓力頗不容易。詩人說：「萬木無聲待雨來」，他拈出「萬木無聲」四字使我們感覺到壓力之存在，儼然是三軍肅靜無譁，等候將帥出場。音樂的美也不容易直接描寫，所以白居易描寫秋夜江上的琵琶演奏，演奏完畢時的景象是「東船西舫悄無言，惟見江心秋月白。」附近有很多船，船上都沒有聲音，那些人當然不是睡著了，是被音樂陶醉了。音樂的美有時很莊嚴，使人也「萬木無聲」起來。江心秋月是美的，靜的，好像音樂凝固在江裏，好像沒有那麼美的音樂就沒有這麼美的江月。曹子建寫洛神，形容她「增一分則太長，減一分則太短」，她的身材恰恰好。又形容她不必搽粉，倘若搽粉就太白了，也不必搽胭脂，搽胭脂就太紅了，她的膚色也恰恰好。這幾句描寫太像是烘雲托月了，他圍著美人四周寫「非美人」，留下空白，而空白就是美人。

我們日常使用的語言裏充滿了比喻。它有一定的句型，容易覺察。我們耳濡目染，（你看，「濡」和「染」就是比喻。）早有心得。日常語言裏也有烘托，比較少，又往往被我們忽略了，一旦需要使用，不免生疏。其實烘托並不困難，只要養成一個習慣，那就是，如果描寫不出來，或者覺得這一點兒描寫還不夠，你就放開你要描寫的主體，圍著它的四周打主意。

這得平時費些觀察的功夫。「玉在山而石潤」，我們沒見過，但是我們走進一個人的住所，他結婚了沒有，倒是看得出來。即使主人外出，室內無人，一個有主婦管理的家，和單身漢的家，應該有許多不同。我們總能「看見」主婦，一個勤儉的主婦，或是懶惰的主婦，或是大而化之的主婦。

如果男主人和女主人都在家，他們有沒有孩子呢？如果有兩三個稚齡兒女，他家的客廳就很難保持原來的整潔，地板上可能有奶嘴、洋娃娃、積木，或者一隻童鞋，或者白紙上用口紅畫了一張血盆大嘴，標題曰「媽媽」。後院有一輛嬰兒車，前門則有鄰家的黃狗癡癡等待。客廳裏的茶几靠在牆邊，沙發的扶手是包上海綿的。孩子沒有出場，我們已「看見」孩子。

「我看見春神了！」這是一句驚訝讚歎的話，抒情的成分大於敘事。春神是看不見的。我們聽見鳥叫的聲音忽然清亮圓潤起來了，唱得很興奮。而且愛唱的鳥一天天增加。我們看見燕子以巧妙的姿勢用他的尾巴剪開空氣，空氣裏有青草的香味，和一些可以做燕子食物的小蟲。雨比細絲還細，只有在這個季節才會有這樣溫柔的雨，能把田裏的土塊濕透了、土塊還不破開。不久，那連綿的山陵都著上綠色的披風，由山上一直綠下來，綠色的地毯鋪到江岸，一望無際。——我們只能看見這些，這些都是烘托。

用比喻描寫；

用烘托描寫；

再用想像描寫。

古詩人描寫明月用「皓魄」——潔白的精靈，如果說這是比喻，誰見過皓魄什麼樣子？這就違反了「以熟悉之事物喻陌生之事物」，可是描寫的效用仍然很大，因為事實上雖沒有皓魄，想像中卻可以有。

下面的例子可以說明想像的魔力。白居易用「大珠小珠落玉盤」、「間關鶯語花底滑」，「幽咽流泉水下灘」描寫音樂，後來出現了「珠走玉盤、水行花底」的成語，用來形容美麗的聲音。事實上，「珠走玉盤」的聲音誰聽見過？何以知道那聲音很美？如果作一實驗，珍珠在玉盤中跳動的聲音可能並不悅耳。然而人們「甘願」由珠玉之美去想像珠走玉盤的聲音之美。西諺有「金蘋果落在銀網裏」的說法，這句話在事實上只有視覺之美，想像中卻兼有聽覺之美。

再說「水行花底」。如果水流的聲音不美，何以經過花底便美？如果水流的聲音很美，何以經過花底更美？花影對流水的聲音並不能增加或改變，只不過花是美的，人們「甘願」水聲也因之特別好聽。這也是「想像」的作用。

由於文學欣賞者信任想像有時甚於信任事實，想像就跨出了比喻的範圍。

李白說「黃河之水天上來」是想像，平實的說法乃是，中國的地勢西北高而東南低，黃河由西北高原順著地勢流下來。蘇東坡月夜泛舟，聽人吹簫，形容簫聲可以「舞幽壑之潛蛟，泣孤舟之嫠婦」，嚴格的說，都屬想像，放寬一點說，下一句如果是烘托，上一句「必定」是想像。劉長卿「閒花落地聽無聲」是白描，形容落花有「碎聲」（跌碎了的聲音）是想像。「大江流日夜」，江水日日夜夜奔流不息，是實景，若是解釋為江水把白天沖走了，把黑夜沖走了，把光陰沖走了，那就是想像。「夜黑成了一瓶墨汁」，是比喻，「夜黑得可以用刀切」，是想像。野火燒山，白天半邊天是黑的，夜晚半邊天是紅的，是實景；七天七夜以後，火熄了，整座山大概也熟透了吧，是想像。

想像力是一種無中生有、推陳生新的「巫術」。有時候，整篇作品都是想像的產物，例如神話。白蛇和許仙的戀愛故事，除了地名，全屬虛構，堪稱「大巫」。另有一些作品，寫實際生活，僅在局部細節用想像來加強描寫，堪稱「小巫」。本文所述的想像歸於此類。本文又特別把想像與比喻、烘托分開，用以專指陌生的、「想當然耳」的、不可能發生的然而感性特強的景象，以突出想像並激發想像力。如果沒有豐富的想像力，像「酒到盃乾」這種句子（形容大家豪飲）怎麼寫得出來，怎麼看得懂。「酒到盃乾」還可以解釋，形容絕對秘密的文件而說是「先燒後看」，那就連解釋也難了。

比喻、烘托和小巫的想像可以在一篇文章裏混合使用。

描寫一棵古松，形容它高可參天——它簡直可以朝見上帝，即出於想像。這棵松樹身披「鱗甲」，深色的樹幹像用「生鐵」鑄成，則是比喻。它儼然「獨霸」這座山頭，容不得第二棵樹生長，它的根伸進土壤裏、石縫中，把整個山頭緊緊密密的「抓」住，難解難分，比喻、烘托、直接描寫至此也難解難分了。為了形容古松之古，詩人楊仲揆說，這樹常常伸出彎曲的蒼勁的手臂，擒住明月，由天上走回人間。這樹曾經親耳聽見孔子向老聃問禮。這當然又是想像了。

白居易的〈琵琶行〉是我們應該熟讀的作品，這是一首長詩，記述他怎樣在江上「偶然」發現了一位音樂家。他十分認真的描寫了琵琶的樂聲，直接描寫、比喻、烘托和想像都派上用場。

（一）直接以字音摹擬聲音

楓葉荻花秋「瑟瑟」

大弦「嘈嘈」如急雨

小弦「切切」如私語

「間關」鶯語花底滑

又聞此語重「唧唧」

（二）用比喻去描寫聲音

似「訴」平生不得志

大弦嘈嘈「如急雨」

小弦切切「如私語」

「間關鶯語」花底滑

幽咽流泉水下灘

水泉冷澀弦凝絕

銀瓶乍破水漿迸

鐵騎突出刀槍鳴

四弦一聲如裂帛

（三）烘托

主人忘歸客不發
東船西舫悄無言
我聞琵琶已歎息
如聽仙樂「耳暫明」
滿座重聞皆掩泣
江州司馬青衫濕

（四）想像

「如聽仙樂」耳暫明
大珠小珠落玉盤

間關鶯語「花底滑」

有志寫作者不妨馬上把〈琵琶行〉溫讀一遍，專看以上各種描寫方法如何輪替分佈以產生總體的效果。

歸納

——議論的技巧——

「議論」是發表意見、提出主張，這是跟記敘、抒情不同的另一種表達。有系統的、有說服力的（當然最好也是正確的）議論是知識分子的專長。在一般人心目中，說理的文章比抒情記事的文章身價高些，價值大些，如果抒情記事是「小道」，說理的文章就是「大道」。

一個人所以要發表意見、提出主張，多半由於想影響別人的想法，接受文中的主張。「議論」的旨趣跟抒情記事不大一樣。不妨這麼說：

記敘文使人「知」；
抒情文使人「感」；
議論文使人「想」，使人「信」。

太魯閣的山水是臺灣最美的山水。橫貫公路築成以前，到過太魯閣的人很少，住在西岸的人多半不知道這一處風景名勝。「太魯閣六記」或「記太魯閣山水」之類的文章可以使他們增廣見「聞」。如果你寫的不是「記」，你寫的是，人在太魯閣，簡直是走進國畫裏去了，簡直變成高人隱士了，現代社會的一切壓力都解除了，人又回到大自然的懷抱裏成為受寵愛的嬰兒了。這種文章寫出來的是作者的感受、感覺，讀者得到的也是感受、感覺。

議論文不同，「議論」是，人應該接近大自然，應該欣賞山水，應該旅行。那麼就應該到太魯閣一遊，去陶情怡性，認識我們美麗的河山。發出「議論」的人希望大家想一想，相信他的話，照著去做。說得嚴格一些，純粹的記敘文不管讀者該不該去遊太魯閣，純粹的抒情文可能連太魯閣是個什麼樣的地方都沒說明白。當然，文章通常都不太「純粹」，而是記敘、抒情、議論綜合使用。作者希望他的文章既能給人知識，又能給人感動，也能使人發生一種信念。

上化學課的時候，老師說：「你們看，我可以使藍色的試紙變紅」，果然。「你們看，我可以使紅色的試紙變藍」，果然。老師說：「張大為，你來試試；王大同，你也來試試」，屢試不爽。這是由直接實驗得來的信念。但天下事不都是這麼簡單。例如，電視上的暴力鏡頭，會不會使青少年產生暴力傾向呢？會不會使孩子們將來動不動用暴力解決問題呢？這得由某一個機構請專門的人才來實驗，專家選出兩組學童來，第一組天天看西部武打，中國功夫，黑手黨內鬨，第二組則否。幾個月後舉行測驗，看第二組學童的暴力傾向有沒有增高。這就不是張大為、王大同能夠照著樣子再做一次的了，張大為、王大同只有相信專家作成的結論。

假如專家的結論是：

「暴力鏡頭足以引發暴力行為。」

張大為接受了這個論點，據以主張：

「電視應避免暴力鏡頭。」

發為議論的時候，就得把這個結論舉出來使別人也接受。這種結論的涵蓋面很大：甲電視臺的暴力鏡頭能助長暴力行為。乙電視臺亦然。這種結論的效用可以推廣：以前電視臺的暴力鏡頭能助長暴力行為，以後也能。這種涵蓋面大、能推廣應用的斷語就是一般人所謂大道理、大帽子。

有些事情誰也不能實驗。臺北市區的火車道究竟是走地下、還是高架？總不能先挖隧道鋪鐵軌試試，不合適再拆掉鐵軌填上土。這等事，得由專家勘查提出建議。這一位專家說高架好。另一位專家說地下好，這就有爭辯。而議論文正是引起爭辯、參加爭辯的文章。好的議論文還可能是結束爭辯的文章。

寫這種文章，難就難在你的主張是根據什麼提出來的呢？你的意見是根據什麼發揮的呢？也就是，你的「論據」是什麼呢？你憑什麼說電視應該減少暴力鏡頭呢？憑什麼說中學生不該談戀愛呢？憑什麼勸聯考沒考取的人不要灰心絕望呢？你不能說：我覺得暴力鏡頭怪殘忍、怪可怕的，看多了、夜裏會做惡夢，光是「我覺得」不行。「我覺得」是抒情。

所以發議論、提主張要先找參考資料。但是中學裏課堂上作文，很少先宣布題目，一星期後再交卷的，（我倒主張寫議論文不妨這麼做）考試的時候更不用說了。這得靠你平時多看書報，留心問題，記住一些東西。「太魯閣六記」只要到過太魯閣就能寫，為大自然所陶醉的感覺沒到過太魯閣也能寫，提倡旅遊，不但最好自己有旅遊的經驗，還得講得出「大道理」來。「大道理」不會在你心裏自然產生，也不會寫在太魯閣的石頭上，從這個角度看，議論似乎較難。

「道理」是從那兒來的？它是「歸納」出來的，寫論文的人都很了解歸納法。使用歸納法的人先去搜集事實，把一件一件事實叫「個案」。有個孩子生了白喉，白喉是很厲害的傳染病，衛生機關追查病是怎麼來的，查來查去查到這個家庭養的狗身上，發現由狗傳染而來，這是一個「個案」。另一個地方，另一個孩子，得了肺結核，病菌是從那裏來的？衛生機關也要查，查來查去查到他家的狗，也是由狗傳染而來。這又是一個「個案」。個案多了，從其中找它們共同之處，那就是：

「狗會傳染疾病」。

這就是歸納。

「狗會傳染疾病」可以當作論據。既然狗會傳染疾病，我們應該怎麼辦？這就產生了意見和主張。有人說根本不要養狗，有人對是否養狗沒有意見，但是，如果養狗，一定要經常給狗洗澡，除寄生蟲，打預防針，並且檢查身體。有人說，養狗養得那麼講究，要經濟高度發展的社會才辦得到，我連自己都不能按期作健康檢查，何況是狗？可是我家需要養狗，只好冒險。

這麼說，歸納法不是挺難嗎？不，不太難。我們在生活裏面幾乎天天都在用這個方法。嬰兒覺得周圍的人對他很好，就以為所有的「人」都對他好。長大以後，他發現只有一小部分人愛他，關心他，喜歡他。這些人是父親，母親，哥哥，姐姐，外祖母，等等。這些人都是親人，親人才會對他好，這就是歸納。成年以後，離開家庭，步入社會，發現社會上也有一部分人對他很好，接待他，獎勵他，幫助他。這些人並不是他的親人。不是親人怎麼會對他好呢？因為那些人的心腸好，心腸好的人待人好。這又是歸納。既然有這麼多的人對我好，我是不是也該回報呢？怎樣回報呢？這就有了意見主張。

知識、經驗使我們知道事物和事物之間有那些共同的關連。小時候不知道，長大了才知道，讀書少的時候不知道，讀多了就知道。抗戰時期我做流亡學生，到過大後方好幾個省份，鄉下的老太太聽說我們是因為日本軍閥欺負中國才逃出來的，就問日本國在那裏，有多遠。她老人家聽說遠得很，就很納悶：「彼此隔得那麼遠，幹嗎要來欺負咱們呢？」那時候還有很多人抽鴉片，她老人家聽說鴉片是從英國來的，英國人硬要把鴉片賣給中國人，又問英國在那裏。英國嗎，更遠，比日本還遠。既然隔得更遠，為什麼也要來害中國人呢？英國，日本，為什麼都一樣呢？老太太沒念過書，不知道兩者有什麼共同的關連，她的孫子就知道，那時日本和英國都是帝國主義，帝國主義都是要向外擴張的，都是要找尋目標發動侵略的。

讀書，可以多多知道世上的事物。並且發現事物和事物之間的關聯，找出其中的道理來。世界上的事物太多，太複雜，人的精力時間有限，一個讀書人要有高深的成就，多半要選定一個範圍，希望了解這個範圍以內的所有的事物，這是「從少少中知道多多」，這是「專」。也有人不願意被一個小小的範圍圈住，他要「周遊列國」，一個範圍挨一個範圍進進出出，「從多多中知道少少」，了解得比較周全，這是「博」。博也好，專也好，都是將來的事。寫那種文章的規矩十分嚴謹，那不是「作文」，那是著書立說。那是另一個層次。

現在我們要說的是，歸納法可以幫助你完成一篇議論文，並且可能使你的議論文繼續進步。歸納法好比是一個口袋，你把相關的事物放進去，加上標籤。我們來假設一個練習。

董仲舒下帷讀書，三年目不窺園。

老師說，馮成城，聯想一下，舉出一件類似的事情來。馮成城想了一會兒，照著老師的指示，走上講臺，拿起粉筆，在那一行字旁邊寫下：

孟浩然作詩的時候，把太太和孩子都趕到門外。

「很好。」老師點頭，目送馮成城回座。「現在誰有靈感？誰能再增加？」華成果、韓行之都舉起手來。華成果寫的是：

大禹治水，九年在外，三過其門而不入。

韓行之寫的是：

牛頓煮錶。

老師說：「很好！你自己解釋一下。」韓行之說：「各位同學，牛頓做起研究來就忘了吃飯。有一次，他放下研究工作去煮一個蛋做午餐，人在廚房裏，心還是在研究室裏。煮了一陣子，蛋該熟透了，誰知他打開鍋蓋一看，鍋裏放的不是蛋，是他的手錶。」

好的，這裏有個口袋，我們把董仲舒下帷讀書放進去，把孟浩然作詩放進去，把大禹治水、牛頓煮錶放進去，為什麼把它們裝在一個口袋裏？因為這四件事有一點相同，那一點？他們都非常專心。結果呢，董仲舒讀書讀得很好，孟浩然作詩作得很好——。

我們在口袋外面寫上：

專心致志的人可以成功。

平時看書多準備幾個口袋，袋袋不空，作文的時候把袋裏的東西倒出來。上面假設的這個口袋，如果作文題目是「如何發揚專業精神」，或是「糾正見異思遷的風氣」，或是「成功最重要的條件是什麼」都可以用。

孟浩然為了專心作詩，常常把妻子兒女趕出門去，換個角度看，這件事跟住宅問題也有關聯，孟家的房子太少，如果子女有專用的遊戲室，豈不可以相安無事？直到現在，多數人居住的空間仍然不夠，專家心目中的標準住宅是，整個建坪為臥室面積的四倍，也就是說只用房子的四分之一來睡眠，事實上許多家庭住得很擁擠，好像房子是為了臥室，而臥室只是為了放一張床。現在的孟浩然也難免把孩子趕到水溝旁邊去吸汽車的廢氣。如此，孟浩然這一條，可以寫進「論興建國民住宅之重要」，也可以寫進「改善文人的生活環境」。它可以裝在好幾個口袋裏。

大禹治水這一條，是專心，也是公而忘私。它可能有機會加入「外舉不避仇」，「匈奴未滅，何以家為」的一組。換個角度替禹的太太設想，做一個大人物的妻子真不容易，（做孟浩然的太太又何嘗容易？）討論中國婦女的美德、痛苦的時候也許用得著。人生是立體的，你可以作「面面觀」，「梁山伯祝英台」的故事是一個愛情至上的故事，也是一個父母包辦兒女婚姻的悲劇，你可以從裏面找古代女孩子浪漫的幻想（女扮男裝到遠方去受教育）也可以從裏面找從前的老百姓在面對人間缺憾時怎樣安慰自己。（梁祝故事的底子是一個圓滿的神話。）複雜的事件，有時像神話故事裏牛郎的那頭牛，雖然只有一頭牛，牛頭有牛頭的法力，牛尾有牛尾的法力，牛皮有牛皮的法力，隨時可以供應牛郎的需要。

有了董仲舒讀書，有了大禹治水，有了牛頓煮錶，你就像證題一樣得到「專心」。下面你就可以理直氣壯的提出意見主張，這才是你的目的。這一類題目通常只能向肯定的一面發揮，大概沒有人會說專心不好，心專而後業精，心專而後學成，能專始能巧，能專始能通。難道也得三年目不窺園？不是的，暑假別跟媽媽到日本去觀光總可以吧，難道也要我們煮錶？當然不是，到美國留學的人喜歡在周末包餃子吃，其事無可厚非，但是也有人從來不包餃子，留學三年沒吃過一頓餃子。有人說笨人才需要專心，此言差矣，牛頓、董仲舒是笨人嗎？

今天的人讀書立業，也要有董仲舒那種全心全意投入其中的精神，而不是呆板的模仿他的做法。有很多事情古人能做，今人不能做；古人行得通，今人行不通。何以見得？歸納為證。

有一次，老師講到囊螢映雪：「晉代的車胤、孫康，都是有名的讀書人，這兩個人小時候家境窮困，晚上點燈都要節省燈油，車胤的辦法是，夏天捉一些螢火蟲裝在袋子裡，利用螢火蟲的閃光讀書，孫康的辦法是，冬天下雪的時候，站在雪地裏，利用積雪的反光讀書。」一位同學問道：「螢光和雪光很微弱，怎麼能看清書上的字？」老師說：「這問題實在好！」他解釋：「晉朝人讀的書，大概還刻在竹片上，字體很大。即使到了唐宋，把文字刻在木頭上印書，利用螢光雪光或鑿壁偷光，也還能閱讀。」貧窮的讀書人買不起書，可能自己抄書，手抄本當然也是大字。

講到古人行得通，今人行不通，老師要求同學們自己舉例，又得到三個「個案」：

張千載與文天祥

張千載，宋人，和文天祥是朋友。文天祥請他出來做官。他不肯。後來文天祥被元朝囚在一間小屋子裏，張千載就租了房子住在旁邊陪著，天天送飯給文天祥吃。等到文天祥被元朝殺害，千載負責辦理喪事，把骨灰送到江西廬陵文天祥的老家。

這件事情，現代人恐怕辦不到。現在若有文天祥這等人物坐牢，敵人一定戒備森嚴，不准一般人接近，也根本用不著有人送飯。現代的張千載若在附近逗留不去，敵人可能認為他是間諜。

荀巨伯

荀巨伯是漢朝人。他到某城去照顧一個生了重病的朋友，不幸遇上賊兵攻城。朋友勸他趕快逃難，他不肯。賊兵攻進城裏，見城裏的人差不多跑光了，就盤問荀巨伯為什麼還留在城裏。荀說：「我的朋友生病，我不忍把他丟下。」賊兵問他難道不怕死？荀說：「我願意為我的朋友而死。」賊人聽了，十分感動，認為城裏既然有這樣的好人。這個城實在不該受到擾亂破壞，就退到城外去了。

為了一個義人而放棄一個城，現在不會有這樣的戰爭。現代荀巨伯應該把病人送進醫院，由醫院裏的醫生和護士留守。攻進城來的人通常不去毀壞醫院，因為他們自己也會生病。

西門豹

西門豹治鄴，破除了「河伯娶婦」的迷信。當地風俗，每年選一個少女丟進河中淹死，算是給河神做太太，祈求這一年沒有水災。西門豹在河伯娶婦的大典上把巫婆投入河中，其事遂廢。

現代的西門豹要是這麼做了，不久就會被捕，緊接著是法院審判，罪嫌是殺人。他也會受到輿論的攻擊，不可能傳為美談。

老師說：張千載、荀巨伯、西門豹，加上「囊螢」的車胤，「映雪」的孫康，五人的事蹟合起來，可以證明今人不能完全遵古仿古。後人所以看重車胤孫康，是因為他們艱苦向學，今人只要有那種精神就好。同理，張千載的精神，荀巨伯的精神，西門豹的精神，都可以傳下來，用現代人的行為發揚它，再傳下去。

談到「精神」，這些「個案」就有了更多的用處。囊螢映雪的故事可以勸學，今人讀書的條件比古人好，即使家貧，門外也還有個路燈，站在路燈底下看書也比「囊螢」清楚，比「映雪」舒服。論朋友義氣的時候別忘了荀巨伯。西門豹，無論如何他是愛民的，他是為民除害的，後來他也興修了水利。荀巨伯能退賊，可見「古賊」的心眼兒比較憨直，還不敢輕易毀壞道德偶像。用它來證明「人心不古」行不行？「鄴」這個地方的人年年甘願犧牲一個女兒，那荀巨裏懂得人權？怪不得西門豹能夠「以其人之道還治其人之身」。用這個故事來證明社會的進步行不行？

有時候，「個案」之外可以引用名言助陣，或者在「個案」不夠的時候用名言代替。名言大都修辭甚佳，足以使文章醒目生色。例如：

與良友為伴，不覺路遠。

這是莎士比亞劇本裏的臺詞，引用的人照例註明是莎士比亞說的。引用名言一定要記得是誰說的，否則就減少了可信的程度，讀者大都有「因其人而信其言」的習慣。由莎翁這句話可以看出「良友」的重要。好了，你現在有莎士比亞，有荀巨伯，還可以加上什麼？

一個今天優於兩個明天。

語出富蘭克林。這是教人把握現實嗎？加上西洋諺語「二鳥在林不如一鳥在手」如何？這是教人愛惜光陰嗎？加上陶侃的「大禹惜寸陰，眾人當惜分陰」如何？孫康為什麼要「映雪」呢？為什麼不等到明天早晨再看書呢？不也是愛惜光陰嗎？以此為基礎，還可以加上什麼？

己所不欲，勿施於人。

人所共知，這是孔子說的。耶穌也說過「要人家怎樣待你，先怎樣待人。」有人認為孔子的話比較消極、被動，傳述孔子思想的「中庸」有一句：「所求於朋友，先施之！」就和耶穌的話很相近了。

當你拿著兩本書思索你的孩子該先讀那一本的時候，別人家的孩子早已把那兩本書都讀完了。

這是英國文學家約翰生的話，他的意思是勸人做事當斷則斷，不要猶豫不決。這句話使人想起一個故事：某人有兩個兒子，都被土匪綁去。土匪說：「我要一百兩金子，但是我只能放回一個兒子給你。」這可把事主難住了，一百兩黃金可以想辦法，但是究竟把那個兒子贖回來呢？他反來覆去的想了很多天，不能決定，土匪等得不耐煩，就把他的兩個兒子都殺掉了。

世上最快樂的事莫過於為所當為。——培根

健康生快樂，快樂生健康。——司派克提爾

家庭和睦是人生最快樂的事。——歌德

知足常樂——陶覺

為善最樂——中國諺語

以上五句名言都在說什麼是快樂。他們說的是為所當為、健康、家庭和睦、知足、為善，五者都是正當的積極的，既然「為善」可以使人快樂，那麼人為了快樂就要去多行善事，那麼追求快樂也就是一件好事。這就有了一篇文章。

看起來，集用名句也可以建立論據。名句十分精煉，寫出來像個大綱，有骨無肉，補救的辦法是對名句的意思先略作解釋。以上五句名言，每句擴充成一百字，就有五百字。加以歸納，指出五者都是正當的、積極的，兩百字。追求快樂是人的天性，人為了快樂，去做這些正當的、積極的事，那麼快樂是他應得的報酬，我們應該加以鼓勵，三百字，一篇「千字文」順利完成。

或者換個角度來歸納：為所當為、家庭和睦、知足、為善，都不是物質享受，都是精神上的快樂。連「健康」也可以從這個角度賦予意義。這時，你可以說，精神上的快樂才是真正的快樂。可惜世上許多人太注意物質享受，以為腦滿腸肥是快樂，紙醉金迷是快樂，走入了迷途。這也可以成為一篇文章。

有些作文題目可能早把論據給你準備好了，例如：

多難興邦

志不立無可成之事

你的工作是：一、證明多難可以興邦。二、申明多難何以能夠興邦。三、多難興邦的「原理」給我們的影響是什麼。你不能向反面發展。

第二題也是一樣，你可以想想東漢的嚴光，他和皇帝是同窗好友，皇帝到處尋訪他，他躲起來。後來找到了，皇帝給他官做，他堅決辭謝，寧願到浙江的富春江旁去種田、釣魚。他從沒有立過做官的志向，縱然有那麼好的機遇，也對他毫無用處。（換個角度看，他立志做隱逸之士，倒是成功了。）你可以想想南宋的高宗，那時金兵入侵，朝廷偏安，但是他從未立志光復河山，只想委屈求和，雖有岳飛那樣的名將，雖然北部有風起雲湧的義兵，也無濟於事。「志不立，天下無可成之事」，這句話是可以成立的。

但是這句話的意思並非教人不要有「野心」，不要有作為。真正的意思是「欲成大事，必立大志」。這句話故意用否定的語氣表示警告和催促。所以文章應當落到「志不可不立」。

作文題目也可能像個選擇題：

文事與武備孰為重要
用人惟才與用人惟賢之利弊得失
傳統與創新
安定與進步

面對這樣的題目就得自己建立論據，不過要在題目預設的範圍之內建立。

論據可能有幾種方式：

兩者並重——「文武之道不可偏廢。」
兩者選一——寧可選能。（或寧可選賢）
兩者合一——傳統是由不斷的創新形成。
兩者因果——安定始能進步，進步始能安定。

文章同時要說兩件大事，似乎很難。但只要有材料，知道方法，就容易落筆。有人要我們多讀書，多眼到手到心到，正是為我們有材料。有了材料，剩下的是方法問題。作文要考這樣的題目，正是要看我們知識如何，思想條理如何，由材料看識見，由方法看思路。

你只有幾十分鐘時間作文。你只有幾百字到一千字可寫。在這種情形下，你得講求方法。一個有效的方法是：把題目上的兩件事看作一件事。同時寫兩件事，難；寫一件事，易。明明兩件事怎可說是一件事？因為事物和事物有共同的關聯，讀書明理，就是要找出這種關聯來，東聖西聖都有人說，天下萬事其實只是一件事！他們說是找到了萬事萬物的總開關！那實在不容易！我們無法找到所有事物的共同關聯，但是我們可以找到文事和武備的共同關聯，那是「國家的需要」。我們可以找到傳統與創新的總關聯，那是「文化的發展」。

「國家的需要」是個大題目，試看每年的總預算要印成一本書，國會要花幾個月的時間來討論。我們從何說起？我們從小處說起，我們說人人既需要醫生治病，又需要警察捉強盜，二者不可缺一。我們既需要軍隊，又需要科學家研製新的武器，二者不可缺一。這就是流傳了幾百年的「大題小做」。

有時候，作文題目既不要你證題，又不要你選擇答案，它不過是：

我對電視節目的意見

青年的出路

謝天謝地，出題的人知道體諒考生的難處。這樣的題目最容易寫，只要提出三點兩點意見，指出三條五條出路就行。不過，出題的人雖然寬大，閱卷的人卻很嚴格，也就是說，題目越容易發揮，想得到高分也越難，閱卷的人要求文章有特色、有新意。能夠嫻熟的運用歸納法，比「漫談」一番要佔些優勢。

如果你已經學會了使用歸納，你得注意：我們歸納出來的論據並不一定完全正確。因為世上萬事太複雜了，我們的「個案」不能完全代表，我們歸納出來的論據也就不能完全涵蓋。「凡人皆有死」，這句話可以說是完全正確，至今世上還沒有不死之人。「用水量越高的城市，它的文明程度也越高」，這句話本來也很可靠，但是有一次出了意外，某一個城市的自來水系統處處漏水，水是漏掉了，不是用掉了。「凡鳥皆能飛」嗎？動物學家說世上確有不會飛的鳥。植物學家還說世上有吃肉的「草」！

論到「人」，和人所生出來的「事」，就更複雜、更變化無窮。有一次在課堂上練習歸納法，出現如下的對話：

「女生怕蛇。」一個男生說。

「女生怕老鼠。」另一個接著說。

「女生怕黑。」

於是順理成章的有人說出：

「女生膽子小。」

這時有人忽然站起來質問：

「花木蘭、梁紅玉的膽子小嗎？」

四座默然，世上有一半人口是女性，性格、文化背景、健康狀況有種種差異，你怎麼歸納得完！怎麼能沒有例外！用中國的一句老話來形容，真是「一言難盡」！有人活了九十歲，閱人多矣，到最後他對人的看法還免不了「偏見」，有人花十年功夫做研究，到後來他的論文裏還有「種族歧視」。

所以，用歸納法作議論文，不要把話說死了，說絕了。比較妥當的說法是，今天青年的出路，「似乎」比百年前更廣更多。「我認為」，電視節目的功能以教育為主。「由此可見」，古人行得通，今人「未必」行得通。古往今來，有成就的人「大概」都很專心。

這不是成了「差不多先生」了嗎？也許是吧，也許在求學的時候，在我們未能掌握準確的真理以前，總要做幾年幾十年「差不多先生」吧。

演繹

—議論的技巧—

歸納法和演繹法像一對孿生姊妹，經常被人們相提並論，它們的功用也好比前鋒後衛，相輔相成。

歸納法是化繁為簡，多中求一，演繹法則恰恰相反。例如「一個三角形各內角的總和是一百八十度」，這句話沒有錯，憑著這一條定理，我們可以斷定沈之陽畫的那個三角形是一百八十度，甘若素畫的那個三角形也是一百八十度，推而廣之，任你在什麼地方畫一個什麼樣的三角形。其各內角的度數之和是一百八十度。不用再計算、測量，這就是演繹。

我每逢看見「天有不測風雲」這句話，就想到現在的氣象預報相當準確，古人認為沒有辦法的事，今人已經很有把握。氣象臺時時注意氣壓、氣溫、風向、風速、濕度、附近地區的氣象變化，氣象專家手裏也有一條一條「定理」，在什麼情形之下會下雨，什麼情形之下會有颱風，他用的方法也是演繹。

演繹要先有「普遍原理」，用在寫議論文上，就是先有論據。例如：

學然後知不足。

大家都相信這句話站得住。拿它作論據，加以演繹，我們想到，那位說「我只知道一件事，就是我無知」的人，說「在宇宙面前，我是個幼稚園的學童」的人，都是偉大的學者，說「知之為知之，不知為不知」的人，到了老年還在發憤忘食，他也是偉大的學者。倘若有人自以為他的學問夠大了，滿足了，（開玩笑的話例外）我們敢說他「不學」或是「停學」。這就是憑演繹。這樣就可以寫成一篇文章。

有人問過，既然如此，演繹法豈不就是把歸納法倒轉過來？先確定「能專始能精，能專始能成」，再把董仲舒、孟浩然一個一個請出來，豈不就是演繹？應該指出，演繹法有一個用處，就是幫助我們探求「未知」，而歸納法所歸納的，限於「已知」。我們已經知道董仲舒、孟浩然都很專心，知道他們的成就，於是對於眼前那正在全神貫注、鍥而不捨的做學問或創事業的人，可以

「預測」他將來必定有些成就，至於成就的大小，當然還要看機會、才能、健康狀況等條件，但是，「假如其他條件相等」，專心致志總比「一心以為有鴻鵠將至」要多一些成就。

同理，「三角形各內角之和為一百八十度」由歸納產生，那是測量、計算了許多三角形之後的「已知」，用於演繹，我們對任何一個三角形，不必測量，不必計算，可以「預料」它的各內角之和也是一百八十度，這就是幫助我們探求未知，可以說：

用歸納法「溫故」

用演繹法「知新」

王戎的故事曾經寫在課本裏，他還是一個孩子的時候，跟許多同伴一起到野外玩耍，走著走著，遠遠看見大路旁邊有一棵李樹，上面結滿了纍纍的果實。孩子們歡呼一聲，飛奔到樹下去採李，獨有王戎坐在原處休息。有人問他為什麼，他說：「樹上的李子是苦的，不能吃。」怎麼知道是苦的呢？「李樹生在大路旁邊，如果不是一棵苦李，早該給人家採光了，怎會有許多果實留在樹上？」不久，那些爬上樹去的孩子，都興致索然的走回來，李子果然是苦的。

王戎用的就是演繹法，他的論據，用莊子的話來表示，就是

甘井先竭

從前沒有自來水，大家「鑿井而飲」，一個村子上可能有兩三口井，如果某一口井的水特別好喝，居民（甚至鄰近村子裏的居民）必定先到這口井來打水，直到這口井裏暫時沒有水了為止。果樹也是一樣，「桃李無言，下自成蹊」，因為來欣賞果子的人、來摘果子的人會把樹下踩出一條小路來。如果樹下是荒蕪的，沒有人跡的，那就不是「甘井」，——不是甜李。

遠離菸酒為強身之本。

現在的醫生都相信這句話，他們從許多研究論文、許多臨床經驗知道，高血壓、心臟病、癌症都和菸酒有密切關係。美國的香菸盒上，都依照政府的規定，用文字標明「吸菸有害健康」。這是「溫故」。你有了病去找醫生診療，醫生照例問你「吸菸不吸菸？喝酒不喝酒？」如果答案是「不」，醫生就認為你得某些病的機會要少一些。如果你投保人壽保險，保險公司也會問你「吸菸不吸菸？喝酒不喝酒？」如果答案是「不」，他們就認為你可能活得長一些，接受投保的風險就小一些。這都是「知新」。

在「愚公移山」那個故事裏，愚公對智叟說：我的年紀雖然大了，我有兒孫。我的兒孫還有兒孫。我們世世代代合力移山。我們的力量不斷增加。山是不會生長的，山上的土石是不會增加的，我們搬走一塊石頭，它就少了一塊，我們挑走一筐土，它就少了一筐。這樣，終有一天，移山可以成功。愚公的這種思考過程，就是演繹。

在「鷸蚌相爭」那個故事裏面，鷸對蚌說：「如果一直不下雨，你會渴死。」蚌對鷸說：「如果我一直夾住你，你會餓死。」它們的思考方式；也是演繹。

現在回顧一下前面舉過的例子。

在「學然後知不足」這個論據之下，演繹及於孔子，蘇格拉底、愛因斯坦，發展出好幾條線來，線與線是平行的，這叫多線演繹。

在「遠離菸酒為強身之本」這一論據之下，演繹及於有病就醫的甲乙丙，和投保壽險的丁戊己，也是多線演繹。

由「甘井先竭」演繹出來的「道旁之李應該早被行人摘光」，就是只說這一件事，由一條線向下發展，這是「一線演繹」。這一線繼續延長，反證「道旁多李必是苦李」。一線演繹通常是要向前延伸的。這種延申就是「推論」。

在愚公移山的例子中，愚公的「推論」是經過一再延伸的：

「我的兒孫的力量比我大，而山的體積不會增加。」這是第一節。

「兒孫的兒孫人數更多，力量更大，而山的體積不會增加，（只有減少。）」是第二節。

「兒孫的兒孫還有兒孫，力量一直增加，而山的體積一直減少。」這是第三節。

愚公的推論是像竹子生長一樣一節一節加長的，也是一步一步達到「未知」，將未知變為已知。這種一步一步的推論，是議論文常用的寫法。

當我在中學讀書的時候，校中是禁止男女同學戀愛的。事隔多年，我還記得訓育主任的一番道理，我可以用「節節生長、步步推論」的方式把他的意見寫在下面：

學生多用一分鐘時間戀愛，勢將少一分鐘用功，戀愛必然荒廢課業。（第一節）

課業荒廢，學生不在功課成績上競爭，為得到愛情而競爭，勢將爭風吃

醋，滋生糾紛。（第二節）

學生和學生之間一旦為了愛情發生爭奪，勢將結成集團幫派，甚至可能互相鬥毆，校風於是敗壞。（第三節）

我把他的話寫在這裏，並不希望別人都信從他的主張，而是指出他推論的過程。你可以用同樣的方式「鼓吹」戀愛：

男生女生一旦發生戀愛，必定努力提高自己的成績，以爭取、增進對方的好感；（第一節）

在這種迫切的要求下，男生女生人約黃昏或共度周末的方式，將會是切磋琢磨各門功課；（第二節）

男生多半長於數理，女生多半長於文史，戀愛使兩者截長補短，齊頭並進，學業與感情與日俱增。（第三節）

你可以用這個方法發表反對的意見，也可以用這個方法發表贊成的意見，這就是方法的「中性」。

一線演繹有時像抽絲，——「繹」字可不就有個絲字旁？從前文人有「抽絲剝繭」的說法，那厚厚的繭，是細長的絲一圈一圈一層一層做成的，抽絲的時候，繭就自內而外一層一層一圈一圈的展開。有些題目，你真覺得它像個「繭」：

強國必先強身

它就是一個繭。它有明顯的脈絡層次。

第一層，國家是人組成的，人人能自立自強，國家才會強盛，自立自強的人或是冒險犯難，或是案牘勞形，或是汗流浹背，或是通宵深思，當一名建設國家的工人。

第二層，自立自強是一種精神，是誠中形外，欲罷不能，決不是裝模作樣，決不肯弄虛造假。他自然而然的去冒險犯難，去通宵沉思，或是在辦公室裏勞形，或是在工程中流汗，不但不以為苦，反而是精神上的一種滿足。

第三層，如果他爬山去完成一項任務，他的體力不夠，半路上走不動了，躺下去了，談什麼冒險犯難呢？如果他思考一個問題，想著想著頭昏了，心跳了，想不下去了，不敢再想了，他怎能深思熟慮，提出完善的方案呢？如果他多看了一些公文就得了腦溢血，如果他多曬些太陽就犯了心臟病，他的精神又從何表現呢？精神是通過肉身來表現的，精神在不眠不休之中，在跋山涉水之中，在耳聰目明思路清晰之中，總之，在健強的身體之中。

我們現在把絲抽出來了，把繭剝開了，再沿著這條線反饋，由強健身體到自強的精神，由自強的精神到強盛的國家，又還他一個繭。

像「強國必先強身」這一「型」的節目很多，「國強而後民貴」，「健全的精神寓於健全的身體」，「安定先於進步」，都可以列入這一類型，都可以用「抽絲剝繭」的寫法。

無論是歸納法或演繹法，在練習期間，最好具有對這種方法的敏感。例如：

塞翁失馬，焉知非福。

塞翁用的是歸納法還是演繹法？演繹是由已知到未知，塞翁預測失馬可能是福，當是演繹。演繹是從普遍原理推知個別事實，塞翁所根據的「普遍原理」，就是已知的「禍福相倚」的思想：福中隱藏著禍，禍中暗暗「發育」著福。

信耶穌　得永生

看起來這是「普遍原理」，應是從許多個案中歸納得來，但是這一信條只能供演繹之用，藉以「預測」你我他諸位信主的人有什麼收穫。這個「原理」

的本身卻並不是歸納法的結果。

說與兒童休乞巧
老夫守拙尚多乖

楊萬里在七夕做的詩。各地婦女都有在七夕「乞巧」的風俗。乞巧是在星光下，以線穿針，誰能夠把線順利穿過針孔誰就是未來的巧婦。可是詩人說，我一輩子「守拙」還做錯了許多事呢，還摔了許多跟斗呢，你們「乞巧」將來怎麼得了？他「推測」那些「取巧」的人將來一定要吃很多虧！這是演繹法，所根據的普遍原理是：所有取巧的人都是常犯錯誤的人。（詩人利用了「巧」字的雙關語意，把主題過渡到「投機取巧」上來。）至於「老夫守拙尚多乖」，由那個「尚」字看，這一句是襯托，也是強調。

不知其人觀其友
不知其子視其父

這兩句格言的效用是建立在演繹上，由已知的「友」「父」推想未知的「子」和「其人」。當禮教森嚴的時代，說媒的人無法使男女雙方會面，只能使男子看見「她」的姐姐，使「她」看見「他」的舅舅，從「不知其甥視其舅」、「不知其人觀其姊」演繹摸索。

當然，這樣得到的答案可能極不正確。「觀其友而知其人」的論據是同類為友，「觀其父而知其子」的論據是「有其父必有其子」，這兩條「原理」都有很多例外，至於甥舅姊妹之間，更往往差之毫釐，失之千里，所以古代相親的故事有許多笑料和悲劇。

你會後悔的。

做父母的常常用這句話「警告」不用功的孩子，它是由「少小不努力，老大徒傷悲」這一普遍原理演繹而來。可以說，「警告」多半是演繹的。

角者吾知其為牛，
鬣者吾知其為馬。

頭上生角是牛的共同特徵，憑「角」識牛，演繹。但是韓文公這句話有毛病，並非所有的「角者」都是牛，（還有羊有鹿。）因之發生了「除不盡」的現象。正是「美人未嘗不粉黛，粉黛未必皆美人。」

有時候，練習推理是一件很有趣的事情。例如，我轉身背臉，任你秘密的打開一本五百頁厚的字典，在某一個字作個記號，我能猜出是那一個字來。當然，你得允許我問幾個問題。第一個問題照例是：這個字是在由第一頁到兩百五十頁呢，還是在由兩百五十一頁到五百頁呢？如果答案是二五一頁到五〇〇頁，我將再問：這個字是在二五一到三七六頁呢，還是在三七七到五〇〇頁呢？——好了，我想你知道怎樣問下去了。

另一個例子是，一個大人帶著一個小孩子在公園裏散步，大人一直跟孩子叫「我兒」，可是孩子不肯叫大人「爸爸」，何故？有人百思不解，其實十分簡單，那個大人是孩子的媽媽！

向一本五百頁厚的字典中找一個作了記號的字，這個字不在一—二五〇頁，就在二五一—五〇〇頁，不會有任何「意外」，因為沒有五〇一頁。孩子既是那人的兒子，那人不是孩子的爸爸，就是孩子的媽媽。這就像三角形內的三個角一樣，完全在你掌握之中，絕不會一轉眼變成四角形。但若說到人間萬事，有許多因素是我們不知道的，有許多因素是隨時變化的，推理就往往只能局部正確，相對的正確。

宋代有一個人到廣西做官，見當地人生了病到廟裏求些香灰來吃，心裏非常難過，就悄悄的派了些醫生跟和尚秘密合作，把藥品摻在香灰裏，讓那些愚夫愚婦吃了香灰也能把病治好，這樣救活了很多人。在歷史上這是一個愛民的好官。可是有人作翻案文章，認為香灰摻藥始愚民，是助長迷信，使當地人不能發現自己的愚妄，反而是害了他們。兩種說法都有一部分事實作根據，這就是相對的正確。

有人問，為什麼格言和格言會互相衝突呢？為什麼既說「沉默是金」又說「一句話說得好就是金蘋果落在銀網裏」？為什麼既有「少小不努力，老大徒傷悲」又有「人生行樂耳，富貴須何時」呢？為什麼既要我們「知足常樂」又要我們「自求多福」呢？為什麼既認為「得人者昌、失人者亡」又認為「勝者所用、敗者之棋」呢？格言都是歸納產生的，有時也只能歸納一部分事實。

所以，議論自來免不了「爭論」。

雖然如此，我們仍然應該知道可能發生的謬誤，力求避免。像：

他是藝術家，一定很窮。

他是外國人，英語一定說得很好。

世上既沒有聖誕老人，當然也沒有耶穌。

至少，這樣的推論我們應該一望而知其有誤。拿破崙對他的士兵說：「世上最危險的地方是你家臥室中的睡床，因為世人都死在床上。」他似乎是用了歸納法，但是我們應能辨認這只是俏皮話。

韓愈有一篇文章，開頭的一段是很出名的：

大凡物不得其平則鳴。草木之無聲，風撓之則鳴；水之無聲，風蕩之則鳴；其躍也，或激之，其趨也，或梗之，其沸也，或炙之。金石之無聲，或擊之則鳴。人之於其言也亦然；有不得已者而後言，其歌也有思，其哭也有懷，……

這是很明顯的大規模的演繹，其脈絡如下：

- 大凡物不得其平則鳴
  - 草木無聲風撓之則鳴
  - 水之無聲風蕩之則鳴
    - 其躍也或激之
    - 其趨也或梗之
    - 其沸也或炙之
  - 金石無聲或擊之則鳴
  - 人之於其言也亦然
    - 有不得已而後言
    - 其歌也有思
    - 其哭也有懷

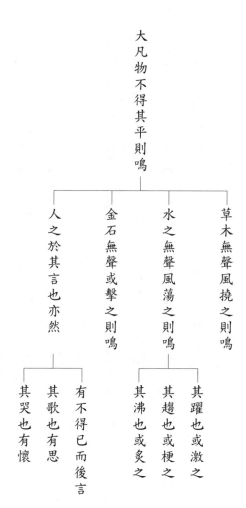

「物」能包括「人」嗎？也許可以吧，我們不是常說「人物」和「物議」嗎？如果認為不能，就把「人之於其言也亦然」提高到和「物不得其平則鳴」平行，使「物不得其平則鳴」成為一個比喻。有人問過：「飛蝶無語，其亦為平乎？」好在有「大凡」兩個字，作者早已承認有例外。

我們寫議論文，可以先列這麼一張表，就可以有條不紊的發揮成篇了。

值得注意的是，演繹、歸納常常是並用的。例如上面引述的這篇文章，作者演繹出來「有不得已者而後言，其歌也有思，其哭也有懷，」下面總括一句：「凡出乎口而為聲者，其皆有弗平者乎！」就又作了歸納。

管寧割席

這是《世說新語》記載的故事。管寧和華歆一同讀書，但是後來管寧決定和華歆絕交。這是因為發生了兩件事。第一件，管寧和華歆一同在後園鋤地，土中翻出來一塊黃金，管寧照常揮鋤，連看也沒看一眼，華歆卻把黃金拾起來把玩了一會兒再丟掉。第二件事：有一天兩人正在讀書，忽然門外有馬車和鳴鑼開道的聲音，顯然有貴人經過，管寧照常讀書，華歆卻丟下書本向外窺看，臉上露出羨慕的神色。於是管寧斷定不宜再和華歆做朋友。

管寧用的是歸納法還是演繹法？似乎是歸納，他至少有兩個「個案」，也許還有第三個第四個，歷史上沒有寫出來，不只如此。他似乎也用了演繹法，預測華歆貪圖名利，將來和他的志趣不合。

歸納和演繹連用的例子很多，像：

一葉落知天下秋

人們常說這句話以偏概全，一葉落怎麼就是天下秋？難道沒聽說過「一朵花造不成春天」嗎？此言有理。再想一想：這是一句詩，文字上有若干省略，如果補足了：

一、看見一片落葉從樹上掉下來，才發現樹木開始落葉了，才聯想到各地的樹木都落葉了，那麼，秋天來了。

這是一句詩，句法上可能故意顛倒，寫成散文，也可能是：

二、秋天到了，樹木開始落葉，我家窗前的梧桐，今晨掉下第一片葉子。

第一段散文是「萬木落葉天下秋」，是歸納，第二段散文是「天下秋而桐葉落」，是演繹。

歸納、演繹並用，不但產生了好詩，也發展出一套「觀人」的方法來。古代中國沒有性向測驗，沒有安全調查，一個人是否可用，幾乎全憑掌權的人觀察決定。觀察者能從一些細微的行跡上推知人的大節。例如：

墜甑不顧

東漢孟敏在市場上買了一個煮食物用的瓦器，帶著回家，半路上，瓦器掉在地上摔碎了。據說，孟敏照常行進，沒有停下來回頭看看，他說甑已碎了，回頭看又有什麼用？郭泰就憑這件事稱讚孟敏，說他「果決」。墜甑是個別事件，「果決」是普遍原理，可以推知他處理別的問題也不會拖泥帶水。然而墜甑的事件是個「孤例」，不宜憑「孤例」建立普遍原理，但中國流傳的「觀人」的故事，憑「孤例」決定了許多人的職業或事業。

你可以想想計時的沙漏。它是一個X形的玻璃瓶，細沙從上端「歸納」在一起，通過一個小孔，緩緩的「演繹」下去。我們可以從它領悟議論文的思路。民間傳說劉伯溫諸葛亮都能「前知五百年，後知五百年」，前知五百年是他歸納的功夫，後知五百年是演繹的功夫。我們沒有那麼大的能耐，但是，從許多個別事例找出普遍的原理，從普遍原理推知個別事實，這個能力我們多少有一點。因此，當我們面對議論文的題目時，應該不致有「怎麼下筆」的苦惱。

我們來把韓文公的那篇文章稍稍改動一下，藉它浮離出「沙漏」的面貌：

草木無聲，
風撓之則鳴；
水之無聲，
風蕩之則鳴；
金石無聲，
或擊之則鳴。

大凡物不得其平則鳴

有不得已而後言；
其歌也有思，
其哭也有懷。

大作家並不故意遵依「沙漏」式的佈局，他們是「以意運法，莫之為而為」。培根談讀書，也有一段話與此式暗合。他說：

歷史能使人變得聰明，詩歌能使人增加想像力，數學能使人精確，自然哲學能使人思想深刻，倫理學能使人態度莊重，邏輯學修辭學能使人擅長詞令。總之，讀書能陶鎔人們的個性。

這顯然是歸納。下面又說：

讀書還可以消除心理上的種種障礙，猶如適當的運動可以矯治某些身體上的疾病一樣：滾球戲有助於腎臟的健康，射箭有助於胸部的發達，散步有助於胃腸的消化，騎馬有助於頭部的健康。所以一個人在心神散亂的時候，最好去學習數學，因為演算數學題目必須集中精神，否則便計算不

> 出來。一個人如果對差異不易辨別，就要向那些演繹派的大師們去請教，因為這些人連毫髮之微都能剖析出來。一個人如果心靈不敏，不能觸類旁通，不妨去研究律師的案件。……

「沙漏式」的佈局，特別適合用於「回顧與前瞻」、「過去與未來」之類的題目，這種題目天然把內容分成兩部分，前一部分可以用歸納法處理，後一部分可以用演繹法處理。例如，「聯考制度的回顧與前瞻」，在回顧的部分，你或者可以說，聯考制度的建立，是因為要升學的人多，學校能容納的人少，競爭激烈，公眾要求考試公平，這才定出聯考的辦法，而且後來採用電腦閱卷。聯考，和分配國民住宅抽籤，都為了滿足社會的公意，可以說是社會的產物。在展望未來時，你可以說，今後只要社會條件不變，只要升學的窄門照樣擁擠，家長對考試還是那麼緊張，教育機構對公眾的批評還是那麼戒懼敏感，聯考制度大概要繼續維持下去，不過在技術上會有改進，因為這種改進也符合公眾的意願。這篇文章前後兩大部分，前歸納而後演繹，中間的樞紐是「制度存在於公意之上」。這當然不是什麼高明的理論，但是你可以如時繳卷得分。

你如另有更好的意見，也可以用這個佈局。

綜合

四種寫法的綜合運用

先看一篇短文，一面看，一面分辨那些是記敘，那些是描寫，那些是抒情。

我不懂莊子為什麼說有至德的人從不做夢。孔子曾經夢見周公，諸葛亮曾經夢見伊尹，難道這兩個人的人格還不能做我們的模範嗎？我認為夢境可以使人的心靈更豐富。我一點也不羨慕莊子所說的至人。我想這篇文章的讀者都有做夢的經驗，只是不知道他們做過連續發展的夢沒有？有一個夢，我反覆做過許多次，每一次情節都有變化，極像是每周一次的電視劇集。

夢境是這樣的：我站在一座黑色的山峰上，罩在蒼茫灰暗的穹窿之下，只有頭頂上一顆星發出神秘的光。我為摘星而來。但是任我像芭蕾舞表演那樣豎直腳尖，拉長手臂，總還是差三寸兩寸搆不著，我想：等我長高一些再來吧。這麼一想，我就醒了。

每隔幾個月，我會走進夢境再努力一次。如果能摘一顆星放在衣袋裏，當然是人生很大的成就。那星在天上誘惑我。那山峰也很湊趣，驀地把我舉高幾丈，——也許是幾十丈。我高了很多，可是我的手離那顆星還差一截。任我怎樣堅忍也是枉然。我總是在背脊出汗、肩膀痠痛中醒來。

在那一段日子裏心情真是落寞，每次仰臉看天，就覺得天離地這麼高就是為了使我空虛。有時彷彿是，醒裏夢裏，星已被別人摘走，恨不得能回到童年時代，滾在地上痛哭一場。但是我搆不著的東西誰又能搆得著呢？我的身高是數一數二的，再說，到夢境的路並沒有地圖。

摘星的夢以後又做過幾次，山峰一次比一次高，星離我仍然那樣遠。後來，那山峰實在太高了，使我發生了可能脫離地心引力的恐慌，我簡直以為腳下踏的只是一團伸縮變化的黑氣，或是一堆蒙蒙遊離的灰塵。我想我是再也回不了家，再也不能悠悠醒轉了。

我開始怕這個夢。如果這是個劇集，我希望關掉電視。可是由不得我，總有什麼力量把我的靈魂一把抓起來丟在那若有若無的山上，而我也總是身不由己去攀那若即若離的星。

終於，有一次，我一下子把那星抱在懷裏了。原來它有汽車的方向盤那麼大，而且是撼不動搬不走的。出乎我意料之外，它清涼而有韌性，它的光，把我的手指照成透明的了，把我的鬚髮照成透明的了，把我的心肺也照成透明的了，我成了一塊水晶。附近的星星都伸出頭圍攏過來看，地上的人也仰起頭來看，我已經和那顆星合並成一顆大星。

這篇文章有記敘，有議論，有描寫，也有一點抒情。它究竟是一篇什麼文章呢？它該屬於那一類呢？

這是一篇記敘文，記夢。但是它在敘述的時候加入了抒情，有幾處它用描寫代替了敘述。文章開頭先發議論，結尾則是訴諸想像的描寫。

議論、敘述、抒情、描寫，四者綜合。

純粹的議論文，純粹的記敘文，純粹的抒情，或是純粹的描寫，在理論上有，在我們作練習的時候有，在我們寫作的時候卻是極少。我們經常把這四種寫法綜合使用。

拿前面那一篇文章來說，作者固然是在記夢，可是他對「做夢」這件事有自己的見解。他想把見解也寫出來。他為什麼不可以寫出來？他，記述那是怎樣的一個夢，夢中有些細節非寫得詳細不能寫出夢的特色，非放大了來寫不能稱心。要想寫得歷歷如繪而不瑣碎散漫，必得用描寫的手法來處理。誰能禁止他這樣做呢？

夢境是充滿了感性的，夢中的喜怒哀樂會留到醒後久久不散，把夢境引起的情感起伏寫出來，不但使記敘更清楚明白，也給夢境增加深度和厚度。那麼，為什麼不寫呢？既然寫，為什麼不用抒情的筆法呢？

記事、抒情、說理、寫景，常常在文章裏交織得十分細密。例如：

她流下眼淚。

這是記敘。在這句話後面緊接著：

淚珠在她眼睛裏游走一圈，拉成一條晶瑩，拍的一聲在地板上跌碎了。

這是描寫。若非描寫，一滴眼淚不會這麼重要，眼淚也不能「拉成一條晶瑩」。下文是：

人性啊，你的名字是脆弱！一片落葉可以使我產生莫名的煩惱，一隻蝴蝶可以給我無由的快樂。當前的一滴眼淚則使我顫抖，好像面對滅世的洪水。世上有什麼語言可以挽救我的失敗呢？有什麼行動可以改正我的錯誤呢？

這顯然是抒情了。然後是說理：

事後回想起來，那場面並不值得驚心動魄。人都有一個幼稚期，然後漸漸老練起來，微風能折彎小草，不能搖動樹枝。「老練」和「幼稚」常常互相譏諷，那倒也不必，只要老練而不麻木，幼稚而不衝動，兩者都很可貴。

這一段雖是說理，卻也用了一個比喻，以描寫來幫助議論。就以上的例子舉一反三，我們不免要問：是否記敘、抒情、描寫、議論可以不再畫分了呢？是又不然。

儘管記敘可以和抒情、寫景、議論綜合運用，

那以記敘為主的，仍是記敘文；
那以議論為主的，仍是議論文；
那以寫景為主的，仍是描寫文；
那以抒情為主的，仍是抒情文。

通常，我們先考慮寫什麼題材，也就是採用生活中的那一部分經驗。如果由老師命題作文，他必定先考慮同學們有這個經驗沒有。他不可能要我們寫「喜馬拉雅山去來」。

有一個插曲。有一次，班上的作文題目是「我的哥哥」，一位女同學立刻舉手發言：「我沒有哥哥。」老師就問她：「你是不是希望有個哥哥呢？你有沒有幻想過有個哥哥也很好呢？」答案是「有」。老師說：「寫你幻想中的哥

哥吧。」

幻想也是生活經驗的一部分。

題材選定了，你得決定，這篇文章以記敘為主呢？以抒情為主呢？以描寫為主呢？還是以議論為主？

有時候，出題目的人連這個也規定了。題目是「藺相如完璧歸趙論」，你大概就不能放手描寫了。題目是「祭抗戰八年死難的同胞」，你大概就不能「記事本末」了。題目是「墾丁公園遊記」，你大概就不能鴻論滔滔了。這倒也解決了問題。

不過也可能引起問題。像「植物園裏的荷花」，原不止有一種可能。你可以寫成「植荷」，以記敘為主；你可以寫成「賞荷」，以描寫為主，你可以惋惜殘荷，以抒情為主，你可以寫成「荷池對於景觀之影響」，以議論為主。如果題目下面有括弧，註明「記敘文」，你就受到很大的限制。

倘若訓練有素，幾乎什麼題目都可以作文。有一年，聯考的作文題目沒有印在試卷上，改為在考場中臨時宣布，以防漏題，但是試卷上「作文」項下有一句話，註明「文言白話皆可」，這句話當然是加上括弧的。有些考生臨場緊張，沒看見黑板上的作文題目，只看見試卷上的「文言白話皆可」，以為這就是作文題目，居然也寫出滿篇文章，真也多虧了他。

又有一次，國文試卷上不印作文題目，臨時在考場公布。辦理試務的人希望考生作文時先把題目抄下來，不要一出手就是文章，因此在考卷上加註「把題目寫在答案紙上」。試題和答案用紙是分開的，考生做出來的文章也是一種答案，這是試務人員的想法。但是有些考生忙中有錯，以為「把題目寫在答案紙上」是作文題目，居然也能寫出好幾百字的「答案」。

我當時覺得這事有趣，就去拜訪幾位閱卷的老師，問他們可曾看到根據「把題目寫在答案紙上」做出來的文章。有位老師說他看到一篇，寫得還挺不錯的呢。那篇文章寫了些什麼內容？閱卷老師想了一想說，內容大概是這樣的：

有題目就有答案，有答案就有題目。這像是雞生蛋、蛋生雞一樣，兩者有因果關係。

是先有雞還是先有蛋？也就是說，先有題目還是先有答案？我想，在命題委員心裏是先有答案的，他心裏先有了山濤、阮籍、稽康、向秀、劉伶、阮成、王戎的名單，再問竹林七賢是誰，看我們是否記得。但是對我們考生來說，卻是先有題目、後有答案，我們是根據題目作答的。

不管誰先誰後，兩者總是分不開的，沒有答案，怎樣出題目？沒有題目，怎麼作答？所以，在各門參考書裏，題目和答案都是在一起的。如果只有答案，沒有題目，答案又怎能算是答案呢？「整潔為強身之本」是個答案嗎？我還以為是個作文題目呢。……

以上「答案」，文字是我的，內容是人家的，雖然事隔多年，應該出入不大。這樣的「答案」能得分嗎？講究「格律」的閱卷委員認為連題目都不對，如何能成？「性靈派」的閱卷委員卻說：「就文論文，應當給分！」

這也是一個插曲。

在正常的情形下，究竟抒情、記敘、描寫抑或議論，要看生活經驗的內容。

「歷險記」總該以記敘為主。你心愛的小狗死了，你為它營葬，自然以抒情為主。別人對你有不公平的批評，或者對你熱愛的事物有不公正的批評，你動了感情，但是寫文章辯駁仍須明明白白講道理，不能只感歎吶喊，除非是有口難言。風景必須描寫，如果記敘，風景是死的，如果議論或抒情超過描寫，那不啻你站在一幅好畫前面擋住了別人的視線，未免不智。

如果他埋葬了他心愛的狗，他要寫一篇抒情文，他為何還要把記敘和描寫「裝配」進去呢？這因為文章除了整體效果還有局部效果。

抒情是這篇文章的整體效果。為了得到這效果，他可能要寫出愛犬和他的親密關係，例如蟑螂咬他的書，狗居然替他捉蟑螂。例如他夜晚遲歸，狗總是在村外等著迎接，並且進了客廳就替他「拿」拖鞋。「親密關係」是局部效果。想寫出親密關係，他得記敘。葬犬之日，他的心情應該沉重，心情沉重的人覺得風是淒風，雨是苦雨，如果那天天晴，他覺得連陽光都發黑，好像長了黴斑。他要把天氣寫得陰沉，這又是局部效果。要造成這個效果，他得描寫。

有一位愛寫作的年輕朋友對我說，他有一個題材。基隆某街有一座連一座的大樓，像長城一樣擋住半邊天，當然也擋住了風雨。大樓的「鄰居」是一片空地，風雨總是掠過空地斜斜的撲到大樓的牆上。貼近大樓的牆根有一條窄小的水泥路。

這是場景。在這個場地上，有一件事情使那位年輕的朋友想寫作。每天下午，附近的小學放學，總有一個老翁牽著一個學童從樓下的水泥小徑上走過。這是一位老祖父來接他的孫子。

基隆幾乎每天下午有雨，而且海港多風。大樓只能做這一邊兒的屏障，另一邊兒靠老祖父的一把傘。除了傘，還有他瘦弱的身體。他總是把孩子放在高樓和他的身體之間，由他做另一邊兒的屏障。雨傘雖然在他手裏，傘頂卻總是偏到孩子頭頂上。這樣，細雨斜風就常常撲到他的身上，他的半個身子，自肩以下，總是濕的。

後來老翁得了嚴重的風濕病……

這個題材怎麼寫呢，寫成一篇什麼樣的文章呢？當然不能以議論為主。記敘，如我上面所寫，難免粗疏，筆到而意不到。

老祖父呵護小孩子是個令人心軟的題材，兩人年齡懸殊，孫子未來之日太長而祖父未來之日太短，恐怕孩子還沒長大，祖父已經作古。——寫抒情文怎麼樣？

恐怕不能筆酣墨飽的抒情，因為作者是旁觀者，不是局中人，雖然心中有情，筆下卻只能點到為止，否則就是情感「泛濫」，失去美感。

這個題材所以動人，是因為人物和環境配合起來。人物是一老一小，環境是高牆和空地。跟鋼骨水泥的高牆相比，老翁何等孱弱，但是老翁擔當的責任卻和高牆相同：遮蔽風雨。看風雨在高牆上留下的剝蝕痕跡，真是「人何以堪」！於是祖父身上就有了悲劇英雄的光輝。

這篇文章最好能把老人之老，幼童之幼，高牆之高，冷雨之冷都寫出來，使之互相對映。這得描寫。這該是一篇以描寫為主的文章。

單單使讀者「見到」了老人之老，幼童之幼，高牆之高，冷雨之冷，還是不夠。作者得使讀者「知道」這一老一幼的背景歷史，每天出現的原因，此地因何多雨。或者也得使讀者「知道」路有多長，那把傘用了幾年，修補過幾次。要讀者「知道」這些，得用敘述。這是此文的局部效果。

如此動人心弦的題材，倘若作者只是讓我們「知道」和「見到」，而不展露他內心的感應，他未免太冷靜了。作者要節制，但是冷靜則是過於節制。過於節制可能導致讀者冷感，削弱了文章的整體效果。

作者是內心先有了激動，才想寫這篇文章。作者要在敘述描寫之中選幾個地方做自己情感的出口。他得抒情。抒情的文句也許只需要三句兩句，就把自己的心打開了，也把讀者的心打開了，讀者在「知道」「見到」之外又「感到」許多。這是另一種局部效果。

局部效果加強了整體效果。讀者在「知道」和「感到」的幫助之下，對「見到」的環境和人物，就印象深刻，久久不忘。

同理，在「見到」和「知道」的幫助之下，我們的「感到」可能刻骨銘心。

在「見到」和「感到」的幫助之下，我們所「知道」的就更確切更真實。

綜合各種局部效果，「立方」似的形成整體效果，蘇軾的〈前赤壁賦〉堪稱傑作。這篇文章不但記敘、抒情、描寫、議論皆備，還加進去詩歌。它首先是敘述：

壬戌之秋，七月既望，蘇子與客，泛舟遊於赤壁之下。

然後是描寫：

清風徐來，水波不興。

然後是敘述：

舉酒屬客，誦明月之詩，歌窈窕之章。

然後是描寫：

少焉，月出於東山之上，徘徊於斗牛之間，白露橫江，水光接天，縱一葦之所如，凌萬頃之茫然。浩浩乎如憑虛御風而不知其所止，飄飄乎如遺世獨立羽化而登仙。

然後是敘述：

於是飲酒樂甚，叩舷而歌之。歌曰：

然後是詩歌：

桂棹兮蘭槳，擊空明兮溯流光，渺渺兮余懷，望美人兮天一方。

然後是敘述：

客有吹洞簫者，依歌而和之。

然後是描寫：

其聲嗚嗚然，如怨如慕，如泣如訴，餘音嫋嫋，不絕如縷。舞幽壑之潛蛟，泣孤舟之嫠婦。

然後是敘述：

蘇子愀然，正襟危坐，而問客曰：「何為其然也？」客曰：

然後是議論，議論之中有敘述，用敘述幫助議論，又用描寫幫助敘述：

「月明星稀，烏鵲南飛」，此非曹孟德之詩乎？西望夏口，東望武昌，山川相繆，鬱乎蒼蒼，此非孟德之敗於周郎者乎？方其破荊州，下江陵，順流而東也，舳艫千里，旌旗蔽空，釃酒臨江，橫槊賦詩，固一世之雄也，而今安在哉！

繼續議論，用描寫幫助議論：

況吾與子漁樵於江渚之上，侶魚蝦而友麋鹿，駕一葉之扁舟，舉匏樽以相屬，寄蜉蝣於天地，渺滄海之一粟。

繼續議論，用抒情幫助議論：

哀吾生之須臾，羨長江之無窮，扶飛仙以遨遊，抱明月而長終。知不可乎驟得，託遺響於悲風。

下面是議論：

蘇子曰：客亦知夫水與月乎？逝者如斯而未嘗往也，盈虛者如彼而卒莫消長也。蓋將自其既變者而觀之，則天地曾不能一瞬，就其不變者而觀之，則物與我皆無盡也，而又何羨乎！且夫天地之間，物各有主，苟非我之所有，雖一毫而莫取。

下面用敘述幫助議論：

惟江上之清風，與山間之明月，耳得之而為聲，目得之而成色，取之無盡，用之不竭。

繼續議論：

是造物之無盡藏也，惟吾與子所共適。

下面是敘述，並且用描寫幫助敘述：

客起而笑，洗盞更酌，肴核既盡，杯盤狼藉。相與枕藉乎舟中，不知東方之既白。

我們可以仔細觀摩這篇文章。其中以描寫、敘述、抒情來幫助議論，尤其值得注意。

議論文是要使人想，使人信。

把記敘、描寫、抒情融入議論，可以增加說服的力量。

議論文的骨幹是一「條」普遍原理。（有一種議論文只推翻別人提出的普遍原理，只攻破別人的主張，自己並不建立什麼。作文課堂上大概不寫這類文章。）凡是「普遍原理」，其中都包含若干同類的具體事實。「我吃了一條紅燒魚」，這句話裏頭只有一條魚，再也容不下別的魚，這是一道菜，不包含第二道菜。這句話不是普遍原理。

我們不但吃紅燒魚，還吃糖醋魚，還吃豆瓣魚，還吃炸鯽魚、煎帶魚、清燉鯉魚、清炒銀魚。燒、炸、燉、煎、炒，是五件事，把這五件事納入一個名詞，就是「烹調」。動詞昇高成為烹調，名詞也跟著昇高為「海鮮」。海鮮不但包括各種魚，還包括蝦、干貝、鮑魚、蛤蜊、九孔。

這樣一來，整個句子的結構大起變化，句首的「我」字也跟著昇高，變成「人人」。海鮮，烹調，人人，都夠抽象了，都包含許多東西在內。「普遍原理」看看就要產生了，萬事俱備，只欠東風。東風是，你在你的句子裏下了判斷，表示出是與非、對與錯來。它可以判斷許多事情。別人聽到你的判斷，舉一反三，又可以用它判斷其他同類的事情。

敘述、描寫、抒情的句子通常不下判斷。竹林七賢之一的阮籍，生逢亂世，惟恐說話得罪了人，就從來不說下判斷的句子。據推想，他只敘述、描寫或抒情，不發議論，免得要負起是非對錯的責任。

如果就海鮮、烹調和「人人」之間的關係下一判斷，可以寫成「烹調可使海鮮成為美味。」這就包含了食譜上記載的許多事情，並且可以推知一般食譜上沒有載明的若干事情。這句話可以算一條「普遍原理」。但是世上有些人不喜歡吃海鮮，他們可能討厭這句話。

所以「普遍原理」也發生贊成與反對的問題。

「人總是不滿現實的。」這話有沒有包括若干具體事實呢？有。某甲總是對他的學校不滿，雖然別人認為他的學校已經不錯了；某乙總是對他的家庭不滿，雖然別人認為他的家庭已經不錯了；某丙總是對他的職業不滿，雖然別人認為他的職業已經不錯了。……

「人總是不滿現實的」，人永遠覺得他少一間房子，少一套衣服，存款的數字後面少一個零，小數點最好向後挪一挪。這話含有許多個別事實，但是沒有下判斷。如果下判斷，可能有兩種說法：

人有權利對現實不滿。

人該知足，以免自尋煩惱。

這兩種看法是互相排斥的。所以，寫議論文的人常常互相辯論。很可能，有人讀了「人有權利不滿現實」，想想很有道理，漸漸變成不滿現實的人了。另外有人讀到「人該知足以免自尋煩惱」，想想很有道理，就變成一個知足的人了。所以說，議論文使人想，使人信。

在〈前赤壁賦〉裏面，「客」和蘇子各有其對人生的看法，「客」認為人生無常，英雄豪傑到最後也是消失得無影無蹤，何況一般人？生命有什麼意義呢？蘇子則認為大自然的美是永恆的，是豐富的，回歸自然的人。有永恆的美感和豐富的生命。蘇子的一番議論，使「客」改變了沉重的心情。

也許我們應該把「客」和「蘇子」兩人的意見連貫合並起來看。「客」

是蘇子的化身，反面意見的代言人。整個的意思是蘇子看透了人生，要放棄名利，寄情山水，以大自然為心靈的歸宿。

請注意：〈前赤壁賦〉的整體效果乃是抒情，其中的議論情見乎詞，真是「筆鋒常帶情感。」寫景則情景交融，無法區分。這篇文章敘事十分簡明，如豆之棚，如瓜之架。作者寫到最精采處，他的「理」時時隨著寫景抒情透露出來，許多句子是情、景、理三者交融。這是一種複雜的合奏。樂器雖然有好幾種，但「曲式」是統一的，也就是說，無論抒情寫景敘事說理，都用「賦」的句法，在「賦」的形式之中，大家是和諧一致的。

我想目前我們沒有這個本領。不過我們得到的啟示可以馬上實行，那就是，以抒情為主的文章，其中的議論必須能幫助抒情而不擾亂、打斷抒情。目前最「安全」的辦法是，使用議論幫助抒情時，說理的句子要少，以防喧賓奪主。蘇東坡才有辦法寫那麼多，他是大文豪。同理：

用抒情幫助議論時，抒情的句子要少；
用記敘幫助議論時，記敘的句子要少；
用描寫幫助議論時，描寫的句子要少。

加以歸納，似乎可以得到一條「普遍原理」。

雖然很少，效果卻可能很好。

公園裏的草地是風景，是公共的財產，你「不該」去踐踏它。這是議論。倘若接著描寫草地是那麼新鮮，那麼清潔，那麼柔軟，也許使你更「不願」踏它。由於「不願」，你會更加相信「不該」。

春天，有些孩子爬上樹去捉那在巢中嗷嗷待哺的雛，又多半不能好好的餵養，只是拿來玩弄一番。在他們手裏，「雛」是活不長的。這一年，我們的樹林裏少了許多羽毛明亮的鳥。少了許多鳴聲婉轉的鳥。少了許多辛勤捕食害蟲的鳥。這是大自然的損失，也是人類的損失。那些孩子實在「不該」這樣做。

倘若接著寫，這也是鳥的損失，是「雛」的父母無可補償的慘痛的損失。他們喪失了心愛的子女。你用抒情的筆法去寫老鳥的痛苦。那些孩子不僅「不該」，更是「不忍」那麼做了，而「不忍」使他們更相信「不該」。

下面找一個實例，察看議論文綜合使用各種寫法的情形。這個例子比較平易。它的寫法是，先標出「普遍原理」來：

睦鄰可以得到好鄰居，好鄰居使我們安寧快樂。

然後引用已經得到眾人信服的「名言」，支持此一「原理」：

所謂敦親睦鄰，所謂遠親不如近鄰，是中華民族在悠久的歷史裏凝聚而得的智慧。

此處所謂「凝聚」，就是歸納。下面的寫法是用反面的材料支持正面的原理，寫出不睦鄰的後果：

倘若鄰居不能和睦相處，會是什麼樣的情形呢？有一位太太說，她有經驗。

下面敘述事實。

她說，她家的客廳一向很乾淨。有一天，她從外面回來，滿屋子都是油煙，嗆得她馬上咳嗽起來。怪了，油煙是從那裏來的？仔細一研究，原來後面的鄰居在廚房裏裝了一架抽風機，對準她家的窗子吹，把廚房裏的油煙都吹到這邊來了。她想，這成什麼話呀，你會裝抽風機，我不會嗎？她馬上也裝了一架，尺寸比他的大，馬力比他的強，開動以後聲音也比他響。每天做飯的時候，兩家對著吹。你吹得我家牆上的字畫嘩啦嘩啦響，我吹得你家的鍋碗叮噹叮噹響，天天過日子像打仗。

下面就這一段敘述，以反問的語氣作一評斷：

這樣一來，兩個家庭還能安寧嗎？還能快樂嗎？

下面以抒情幫助評斷，以比喻幫助抒情：

一牆之隔的兩家人，彼此暗算，彼此討厭，那種日子是很痛苦的。為此，人要做多少惡夢？要有多少心煩意亂的日子？心裏裝滿了憤恨，跟自己的家人要增加多少爭吵？肉裏插進一根刺的人，是要失去了正常的感覺的啊！

下面從正面發揮議論：

睦鄰之道，千頭萬緒，但綱領只有四個字，就是「自愛愛人」。在這個原則下彼此相處，積極的一面可以互相合作，守望相助；消極的一面可以消除誤會，避免糾紛。彼此和氣，彼此熱心，彼此有善意，誰也不緊張。

下面用描寫幫助議論：

誰都希望他的隔牆是一瓶鮮花而不是一顆炸彈，誰都希望他的屋頂上是一個天使而不是一個魔鬼。

下面用詩句支持描寫，再用描寫支持議論：

「肯與鄰翁相對飲，隔籬呼取盡餘杯。」「豈獨終身數相見，子孫猶作隔牆人。」這樣的詩，誰讀了也要神往心動的。

下面回到議論：

所以，要記住：好鄰居是我們美滿生活的一部分。搬家之前，用心選擇好鄰居，搬家之後，用心創造好鄰居。

— 附錄一 —

希望你來做

下面有十組習題，希望你自動做一遍，測驗一下自己的作文能力。

習題　第一組

本組由二十個句子組成。這些句子的功能並不完全一樣，有記敘，有抒情，有描寫，有議論（判斷）。我們用①代表記敘，用②代表抒情，用③代表描寫，用④代表議論。你如果認為某個句子是記敘，就在句子末尾的括弧裏寫上①，其餘類推。

一、她把頭髮剪短了。……………………（　）

二、山上青一塊紫一塊的，是各種樹林。……………（　）

三、父母管教越嚴，子女的品行越好。……………（　）

四、黑白照片比彩色照片更有藝術價值！……………（　）

五、印刷精美的雜誌必定有精采的內容。……………（　）

六、冷氣機發出槍聲炮聲對夏季作戰。…………（　）

七、下午，大樓的陰影正好落在街心，把馬路分成兩半，一半是陰間，一半是陽世。…………（　）

八、他作畫時用色毫不客氣，給你的都是驚紅駭綠。……（　）

九、他搬到鄉下去住，沒裝電話，也不買電視機，說是要好好的清靜幾天。…………（　）

十、她擠公共汽車出去，卻坐了烏亮的小汽車回來，問她是怎麼回事，她不肯說。…………（　）

十一、夏天的雨聲一向嘈雜，更何況是落在一片荷葉上，想不心煩意亂也難。…………（　）

十二、這條路上車很多，每一輛都像是對準他行兇而來，開得飛快。…（　）

十三、在臺北住了六年，從未上過陽明山。……（　）

十四、初來臺北那天，在天橋上看一街人車忙得不沾地，只覺有一股浮

動之氣上昇，衝得天橋搖搖擺擺，頭腦立時昏沉起來。這教我怎麼住得慣。……………………………………………（　）

十五、一個好作家，他的熱情超過冷靜；一個好記者，他的冷靜超過熱情。……………………………………………（　）

十六、有好的人品才有好的作品。……………………（　）

十七、曹操寫的一首四言詩，從詩經裏頭「抄」了許多句子進去。……（　）

十八、那句話，那句最悅耳動聽的話，藏在我的心裏已經十年了。我一直沒有說出來。真後悔啊！現在已無須再說，因為已經太晚了。…（　）

十九、如果能由我選擇，讓我變成岩石縫裏的一棵山花吧。…………（　）

二十、燕子你說的什麼話？教我如何不想她！…………………（　）

．以上每題一分．

習題 第二組

本組由十個句子組成，每個句子都缺一個詞，但是附有四個詞候選抵補。請你選一個，把它的號碼寫進句子末尾的括弧裏。

一、樹林裏的小徑密葉□天，像一條隧道。
①遮 ②蓋 ③連 ④滿……………………（ ）

二、月亮躲在雲裏□□，遲遲不肯出來。
①睡覺 ②化妝 ③偷看 ④打坐……………………（ ）

三、夕陽的斜暉□在草坪上。
①洒 ②照 ③射 ④掃……………………（ ）

四、熱氣騰騰的晚餐端上來，是一家人最□□的時候。
①飢餓 ②高興 ③溫暖 ④安靜……………………（ ）

五、為了準備聯考，整天躲在房裏讀西洋史地，偶然到陽臺上收衣服，抬眼望見大屯山，竟是十分□□。

①陌生　②遙遙　③美麗　④矮小……………………………（　）

六、快樂的人喝□□忘了加糖，滋味也是甜的。

①清水　②藥水　③牛奶　④稀飯……………………………（　）

七、他的心情太興奮了，這時候喝冷水也會□。

①渴　②甜　③醉　④飽…………………………………（　）

八、今天天藍，天高，天廣地闊，我想□！

①飛　②唱　③睡　④跑…………………………………（　）

九、流著淚揚著臉走出去，多□□！

①難看　②匆忙　③羞愧　④勇敢……………………………（　）

十、人若常常為了過去的失敗而傷心，容易變成悲觀的人物，看什麼都是□□的。

①傷心　②灰心　③悲哀　④失敗……………………………（　）

·以上每題一分·

習題　第三組

本組由十個比喻和十段文字組成。請你替每段文字找一個比喻，在那一段文字末尾寫上那個比喻的編號。

十個比喻是：

一、湖是地上的一塊天。
二、湖是晚霞的鏡子。
三、湖是一個險惡的陷阱。
四、湖是一張水彩畫。
五、湖是一隻焦急的眼，睜開望天，永不閉合。
六、湖是大地的瘡疤。
七、湖是星星的攝影機。
八、湖是山的一杯飲料。

九、湖是青蛙的海。

十、湖是風的運動場。

十段文字是：

一、湖心深處，一塵不染，此身簡直羽化登仙，不知是人間還是天上。……（　）

二、晚霞究竟多美，只有湖水知道。……（　）

三、湖裏頭有山，有樹，有人影。……（　）

四、經過風浪的人，看見平靜柔美的湖面，會想起一失足成千古恨。……（　）

五、心情壞透了的時候，看什麼都不順眼。有時候簡直以為雲是天上的垃圾。……（　）

六、湖並不清閒，整夜為繁星工作。……（　）

七、又失眠了。數到一萬隻羊也沒有睡意，心裏只想羊群該在湖邊。……（　）

八、風在湖面上做什麼？溜冰嗎？跳舞嗎？……（　）

九、山巍然獨坐，沉思，等待靈感。湖在它鼻尖下散發著清香。………（　）

十、青蛙閣閣的叫，宣布他發現了大西洋。……………………………（　）

・以上每題一分・

習題　第四組

本組習題由五個成語和五段文字組成，請你替每段文字找一個合用的成語，把那個成語寫進文字之內。

五個成語：

一、劣幣驅逐良幣。

二、前人種樹，後人乘涼。

三、乘興而來，盡興而返。

四、無欲則剛。

五、二鳥在林不如一鳥在手。

五段文字：

一、小巷裏，書攤上，昏黃的燈光下，成群的兒童埋頭看小人兒書。他們為什麼不去看那些內容純正的兒童讀物呢？答案是：「　　　」，中外皆然。

二、有些集會，聽起來名稱很好，到場參加才知道空洞乏味。可是既然來了，就不能學古人「　　　」，做人不能那樣任性。

三、我們的圖書館本來沒裝冷氣。去年，我們的館長升了官，臨走的時候說：「我要替圖書館做一件事情」。他做的事情就是「　　　」，今年夏天我們有冷氣了。

四、昨天聽到一個笑話，想起「　　　」的道理。有一個老闆常常說笑話給夥計們聽，他的笑話並不精采，夥計們為了禮貌，只好裝做很愛聽的樣子。有一次，老闆又講了一個枯燥無味的笑話，聽眾故意哈哈大笑，獨有一個夥計沒有表情。別人問他為什麼不笑，他說：「我用不著再笑，我剛才已經辭職了。」

五、如果我想看花，就到公園裏去走走。花店裏的花總是缺少生氣。插在花瓶裏的花更不好，一副朝不保夕岌岌可危的樣子。我不大相信「　　」，我喜歡眾鳥在林。

·以上每題一分·

習題　第五組

本組習題由五句詩和五段文字組成，請你把詩分配到文字中去。

五句詩：

一、惜花常恐花開早

二、衣帶漸寬終不悔

三、風吹草低見牛羊

四、千江有水千江月

五、惹得詩人說到今

五段文字：

一、陳圓圓不過是個美麗的女子罷了，不幸扯上吳三桂，更不幸的是又扯上了李自成，竟像是要對歷史發展、朝代興亡負責，成了文人舞文弄墨的好題目。「　　　　　」，再也得不到安寧清靜。

二、有些父母太愛他們的孩子，對孩子的期望太高，要九歲的孩子像十九歲那麼懂事。孩子在壓力下早熟了，也憂鬱了。這些父母怎麼沒讀過「　　　　　」？花開得早也謝得早啊！

三、千萬不要欺弄年輕人。不錯，年輕人的世故經驗太少，上了當還不知道，可是年輕人會長大的，世故經驗會增加的，眼前的迷霧會廓清的。有一天「　　　　　」，你的居心，你的障眼法都水落石出，他恍然大悟，到那時你怎麼辦？

四、每一個人都有他的收穫，都有他的幸福。「　　　　　」人生就是這麼豐富，這麼壯麗。

五、為理想奮鬥的人是要受苦的，是要經過許多挫折坎坷的。這種人有「　　　　　」的精神，無論怎樣也不放棄自己的目標。

・以上每題一分・

習題　第六組

本組由五段記敘文字和五段抒情文字組成。我們希望記敘之後繼以抒情，請你選擇安排一下。你認為那一段抒情文字可以和那一段記敘文字連成一片，請把抒情文字的編號寫在記敘文字的下面。

五段記敘：

一、那些日子，看完了末場電影還填不滿自己，站在街燈下，看不盡來往的行人。……………………（　）

二、離家不遠了。汽車沿著海岸走，一路上海浪拍打著礁石，卷起白色的花邊。那些打瞌睡的乘客都醒來了，個個睜大了眼睛看窗外，露出目的已達的自信，沒有誰理睬他。……………………（　）

三、聯考前一個月，全心全意鑽進書本裏去，好孤單，好冷。尤其是深夜從補習班放學回家的時候。……………………（　）

四、他們勸他出去旅行散心，他只有苦笑。別人都不知道他剛剛旅行回來！……………………………………（　）

五、他寫了一首詩。他覺得單單一首詩還不能表露他的心情，就在詩後寫了幾行附記。他覺得需要共鳴，又寫了一封信，把詩寄給他的朋友。可是信寄出去，如同石沉大海。……………………（　）

五段抒情的文字：

一、整個人像一堆沉重的鉛字，那些字全是：寂寞寂寞寂寞！

二、這就好比想解渴，喝了一肚子鹹水。

三、我是一個搜集什麼的人，到頭來發現丟掉的多，撿到的少。

四、礁石永遠那麼乾燥，海水永遠浸不透它。他的心就是礁石，礁石就是他的心。

五、欄杆啊，只有你，只有你多情，一直站在那兒等我！

・以上每題一分・

習題 第七組

本組由五段抒情文字和五段議論文字合成。抒情是情感的活動，議論是理智的活動，情感的活動往往引起理智的活動，所以文章中常常抒情之後接著議論。現在請你決定那一段議論應該接在那一段抒情後面。用填入數碼來表示。

五段抒情文字：

一、有時候，我早晨醒來，有一陣輕微的戰慄，好像聽到一聲嚴厲的喝斥，說光陰是無情的，無情的一天又來了，而且，無情的一天也要去了。怎麼辦呢？我能怎麼辦呢？……………………（　）

二、朋友對我說，從前有一個人常用皮鞭抽打自己的影子，提高自己對生命的警惕。我馬上像挨了鞭子悚然一驚。別去鞭打影子了，下手鞭打我自己吧，打吧，打吧，朝著我的怠惰下手吧。……………（　）

三、朋友啊，你為什麼貪圖逸樂呢？那也許是你的特權，我還是格外勤

奮吧。朋友啊，你為什麼傲慢呢？那也許是你的性情，我還是盡量虛心吧。……………………………………（　）

四、我想：要是年光能夠倒流，有多好！可是，繼而一想，為什麼要稻米再回到秧苗呢？為什麼要大樓再回到廢土呢？為什麼要油畫再回到白布呢？……………………………………（　）

五、耕耘，我覺得快樂；收穫，我覺得快樂；享用果實，我覺得快樂；再播種，我也覺得快樂。光陰啊，你並沒有消逝，你是化身成為快樂了。…（　）

五段議論文字：

一、「時間」和「精神」都不能儲存。我們對天賜的這兩樣禮物必須善加利用，使它在消失之前留下成就。這好像你不能用網去舀起波浪，卻可以用水力推動石磨，把小麥磨成麵粉。

二、朋友並不是和我們完全一樣的人，朋友和我們只是在某一點上相近。不要希望朋友和我們處處相同，也不要立志和朋友完全一樣。

三、蝴蝶是只貪眼前享樂的花花公子，不到冬天就死了，蜜蜂和松鼠有長遠打算，所以都活到第二年春天。大自然是有報應的。

四、人生最重要的是工作與愛心，為愛而工作的人也將為他人所愛。

五、一個人的思想就是他的命運。有樂觀的思想，他就快樂，有積極的思想，他就有成就，有中和平正的思想，他就安寧。

・以上每題一分・

習題　第八組

本組先列出五條「原理」，後列出五件「事實」。每一條「原理」可以推知一件「事實」，兩者有演繹的關係。到底那一條原理和那一件事實有這種關係呢？請填入數碼加以標明。

五條「原理」：

一、大宣傳家、大文學家用字修辭常常獨出心裁，打破常規。這樣可以使文句有特殊的魅力。……………………………（　）

二、「推論」的使用有其限度。過度使用推論，得不到正確的結果。…（　）

三、科學知識的優點是正確．科學儀器的優點是精密。………………（　）

四、有趣未必有益，有益未必有趣。……………………………………（　）

五、人生有許多巧合，它是孤立的，偶然的，並沒有什麼意義。……（　）

五件事實：

一、卡通片裏的人物總是在打架，或者你陷害我、我陷害你。他們可以把對方像打樁一樣打進地下去，或是開壓路機把對方碾成一張紙。種種誇張的手法很有趣，但是也很可怕，對兒童的身心有壞影響。

二、美國總統甘迺迪遇刺身亡，林肯總統也是。甘迺迪被刺客用槍擊中後腦，林肯也是。兩位總統逝世後，繼位的人都叫詹森。兩件行刺的案子都在星期五發生。事有湊巧而已。

三、十個工人可以用三十個工作天蓋好一間屋子。二十個工人可以十五個工作天完工。那麼，四十個工人只要七天半？四千名工人只要兩小時？

四、印第安人若是迷路，就抓一把土向空中撒去，塵土往那個方向飛，他往那個方向走。他們能從阿拉斯加走到秘魯，但是他們不知道踩著赤道到了南半球。

五、耶穌說：「一粒麥子，若不落在地裏死了，仍舊是一粒，倘若死了，就結出許多子粒來。」這句話很動人。事實上種子要活著，要醒過來，才破土出芽，但是，實話直說就沒有那麼大的力量了。

・以上每題二分・

習題　第九組

本組先列舉十件事實，再列出五條原理。請你看看那一條原理是那幾件事實歸納出來的，把事實的編號寫在原理下面。請注意：一件事實可以入選兩次三次，你可以按需要組合。

十件事實如下：

一、從前的人以為天是包在地外面的一層蛋殼。但是經過一代一代的天文學家研究之後，發現地球僅是太陽系裏的一顆星，太陽系不過是銀河系裏一個系。宇宙間大約有一百萬個銀河系，而這一百萬個銀河系僅僅是宇宙的一部分。

二、玄奘（西遊記裏的唐僧）為了「取經」，經過沙漠，越過高山，在印度學習梵文，研究佛典，花了十七年的功夫。他回到中國以後，又用二十年的精力把佛經譯成中文。

三、到現在還有人以為吃生雞蛋滋補身體，其實生雞蛋比煮熟了的蛋難以消化，而且蛋裏有許多病菌。

四、石油公司用很高的薪水從國外請來一位專家，他的專長是研究油怎樣從油管流出去。有人問他：「這總不會太難吧？」他冷冷的回答：「不很難，我只學了七年。」

五、中國古代的外科醫生，要把自己的胳臂砸斷，再替自己治好，然後正式行醫。他們沒想到用動物作試驗。第一個使用麻醉藥的醫生是東漢的華佗，他的藥方傳到日本，有個日本醫生用自己的女兒做實驗，加以改良。他的女兒竟得了神經錯亂的病，瘋了。

六、「鋸」是中國的魯班在兩千年前發明的，他是一位木匠。有一天，他上山採木，被鋸齒形的草葉割破了手，想到製造一種類似的工具來伐樹。現在，鋸用電力發動，電鋸一個小時的工作量，抵得上從前伐木工人一百小時。鋸的種類也多了，有的能鋸開石板，有的能鋸斷鋼鐵。

七、阿拉伯商人在沙漠裏燒火做飯，從灰燼裏發現一些透明的硬塊，使科學家得到靈感，找到了做玻璃的原料和方法。現在的玻璃工業規模很大，有些產品美如水晶，有些產品的硬度可以防彈。

八、養蠶是中國農家的副業，把蠶結成的繭煮熟了鋪在席子上搗爛，可以製成絲綿。絲綿取下來之後，席子上還有一層薄膜，可以揭下來，曬乾，包東西用。中國人因此發明了紙。

這是兩千年前的事。兩千年後的今天，紙用機器大量製造，有些新產品不但可以做成防水的雨衣，也可以包得住火。

九、到非洲的部落裏去研究原始社會，往往有生命危險。那些野蠻的民族把社會學者當做危險人物，可能不分青紅皂白的加以殺害。美國有一位女學士，為了研究學問方便，嫁給一個酋長。

十、所謂「流星」「隕星」並不是星，只是在太空中活動的一些「物質」。它們的體積不大，對地球沒有大害。倘若真有一顆星撞到地球上來，那還得了！

下面是五條「原理」。請看前面十件事實怎樣組合，可以歸納得到這些原理。舉例：如果你認為第一、第三、第十，三件事實可以歸納得到第四條原理，就在第四條原理末尾的括弧裏註明一、三、十，三個號碼。

一、偶然的發現可以導致重要的發明，但「偶然」只能開始，不能完成。

二、一項發明在剛剛發明出來的時候總是充滿了缺點，必須經過不斷的改進。

三、學術上的成就從勤苦中得來，從犧牲中得來，不從僥幸中得來。

四、流行的常識裏有許多錯誤。

五、每一種學問都有博大精深之處。

・以上每題二分・

習題　第十組

本組由五篇短文合成，每篇短文都分成好幾段，但是段落都弄亂了，需要整理。請細讀各段文字，重新排列它們的順序。新次序用數碼表示，例如你認為第一段應該是第四段，就在第一段末尾的括弧內寫4。

第一篇短文：

一、山腰有杉木林和檜木林，是溫帶的樹林。…………………（　）

二、登上山頂，除了雲海，什麼也看不見，因為我們已在雲層之上。…（　）

三、此次登山，一天之內看遍熱帶林、溫帶林和寒帶林，真是難得的經驗。…………………………（　）

四、山下有許多椰子和鳳凰木，都是亞熱帶的植物。………（　）

五、我們在山頂上不敢大聲說話，惟恐神仙偷聽。…………（　）

六、山頂上到處是參天的松柏，那是熱帶的樹林。…………（　）

七、我想，「不畏浮雲遮望眼，自緣身在最高層」，寫這兩句詩的人大概沒登過高山。我們正因為站得太高，才被浮雲把視線遮住了。…（　）

第二篇短文：

一、當年跟他一同考軍校的人，出了幾個將軍。……………………（　）

二、一件很小的事情往往可以改變人的一生。…………………………（　）

三、岳雅軒常說，如果Yb是一種液體，他現在也做將軍了。…………（　）

四、岳雅軒是個大商人。………………………………………………（　）

五、他十八歲那年去考軍校，他的化學成績太差，連元素的名稱都記不清楚，以致名落孫山。…………………………………………………（　）

第三篇短文：

一、通常，我們對許多人許多事都是不注意的，無所謂的。…………（　）

二、有些人，我們最多只能說是討厭他，不是恨，更不是「徹底的恨」。…（　）

三、有人說，做人要愛恨分明，不是徹底的恨，就是無保留的愛。……（　）

四、有些人，我們不過是憐惜他，同情他，不是愛，更不是無保留的愛。…（　）

五、能使我們極愛極恨的人很少，通常是沒有。一旦出現了這樣的人，那是在我們的生命裏出現了大事。……………………（　）

六、我們由「注意」產生好感，比「好感」更進一層是喜歡，比「喜歡」更進一層是憐惜。或者由「注意」而沒有好感，而不喜歡，而厭惡。……（　）

第四篇短文：

一、春泥是軟的；是甜的。……………………（　）

二、春風春雨裏充滿了花草的香氣，春泥也帶著清香。………（　）

三、在溫柔的星光下，燕子說：「今夜我們可以好好的睡一覺了。」…（　）

四、夜是那麼靜，風是那麼輕。…………………（　）

五、新婚的燕子還沒有家，他們決定在古寺的簷下築一個巢。他們用小巧的嘴，針尖挑土似的，把春泥啣上去。……………（　）

六、燕子說：「這是我們自己的家，我們不羨慕別人的雕梁畫棟。」…（　）

七、一連忙碌了幾天，新巢完工了。……………………………（　）

第五篇短文：

一、鄉也要愛，國也要愛。這並不是做和事佬，而是把兩個觀念合而為一才完整。……………………………（　）

二、愛鄉不但要愛國，甚至要愛世界。當大氣層充滿了原子塵的時候，當海洋裏充滿化學毒素的時候，我們的鄉也要受害。…………（　）

三、應該愛鄉呢，還是愛國？…………………………………（　）

四、鄉是蛋黃，國是蛋白蛋殼。你不能不保護蛋殼，你得為整個蛋著想。…（　）

五、有人說愛國是一句空話。其實只要心裏有愛，行為和想法一致，「愛世界」也能落實，否則，對太太說「我愛你」也可能是句空話。…（　）

．以上每篇短文占四分．

十組習題，總成績一百分。

你不妨做做看，做好了，自己批改，自己統計分數。如能得到八十分以上，就是作文的高手。

做完了這些習題，可能使你對作文方法有新的領悟，從此窮千里目、上一層樓。

這些題目不設標準答案。有些題目選答案可以有兩種選法。

— 附錄二 —

聲音

我們用文字寫文章，文字有三個要素，字形、字音、字義。我們的文字訓練一向偏重字形，筆畫要正確，形狀要好看。想想看，小時候認字，對戊戌戍三個字費了多少功夫，對己已巳三個字又下了多少功夫，老師特別教我們寫飛為家三個字，認為這三個字的形狀最難掌握，趕快征服它，以後寫字可以減少困難。不許寫錯字，就是鼓勵依賴字形，不許寫別字，就是禁止依賴字音，所以，不知不覺，我們在使用文字的時候，都是有字無音的人。

我們看書，用視覺接受文字的傳播。但是，有時候，我們也用聽覺接受傳播，例如聽廣播，這時候，字音就比字形重要。我們固然知道同是一個惡字，惡劣和可惡聽起來不同，同是一個差字，差到和差遣聽起來不同，僅僅如此還是不夠，為了提高警覺，趙元任教授寫過一段文字：石室詩士施氏，嗜獅，誓食十獅。施氏時時適市視獅，每一個字都正確，每一句都聽不懂。我們可以仿效他的辦法，也寫一段話：黏清仁，玹賭輸的石厚堵疏，玹油系的拾後猶細，每一個字都錯了，但是念出來聽得懂。

主持廣播節目的人對聲音特別敏感，也特別知道怎樣使用聲音的長處，避開它的短處。廣播節目以有聲音的題材為先，下雨比下雪好，吵嘴比打架好，打電話比寫信好，過年放爆竹比貼對聯重要，端午節龍舟競渡比包粽子重要。中國第一部廣播劇〈笙簫緣〉，一九三六年在南京的中央廣播電臺播出，男女主角都是音樂家，不是畫家。

算術題有鷄兔同籠，雞有兩條腿，兔子四條腿，雞腿加上兔腿，你用2除不盡，你用4也除不盡，到底籠子裏有多少雞、多少兔子？這個題目為了訴諸聽覺，另外有個說法：隔壁聽得人分銀，不知道人數不知道銀，只聽得每人四兩多四兩，每人半斤少半斤。從這裏可以窺見一些訣竅，他把項目簡化了，不分雞兔，只有銀子。他也把情況生活化了，雞兔怎麼會同籠，勉強把雞兔關在一個籠子裏，要孩子計算雞腿兔腿，有些可笑，幾個人平分金錢分不均勻，就比較有趣味，引人注意關心。還有，他用韻文，琅琅上口，適合誦念，容易記憶。

你也許說，我並不打算去主持廣播節目。好了，言歸正傳，你總要打電話吧，總要跟人家討論問題吧，也許要參加演講比賽吧。在這個數位傳播的時代，人人可能忽然成為新聞人物，那時麥克風、開末拉都送到你面前來，你及早儲備一點能力，吸收一點觀念吧。

有一位學者研究戲劇的臺詞，發現咱們的語言有個缺點，很多話聽不清楚，他說這個缺點可能是單音字造成的。他沒有舉例，我倒當場想到一個例子，我說「不要」，除非你當面看見我的口型，你八成聽反了，上面這個不字模糊不清，下面這個要字發音響亮，上一個音為下一個音所吸收，造成的誤會可大可小。我也想起四和十兩個字糾纏不清，你說四，照例要伸出四個手指頭，或者補往一句一二三四，你說十，照例要翻開兩個手掌，或者補注一句十全十美，不過這是交了多次學費以後的事了。

我曾在臺北的中國廣播公司做編審、做節目製作人，總覺得公司的名字沒取好，六個字讀下去，越往下越有氣無力，含混了事。後來知道臺北市有個公共工程局，前面三個字嘴唇張不開，氣出不來，嗡嗡然像鼻音，更不好。有個朋友辦雜誌，取名「讀物」，我暗想糟了，全在嘴裏堵住了，怎麼能不脛而走，果然，辦了幾個月，關門了。當年臺北引進TAXI，不肯跟香港人學著叫的士，發揚中華文化，叫出租汽車，出、租、氣三個字，氣從牙縫裏出來，奄奄一息，叫車不順口，滿街都喊TAXI，連不認識ABC的老人家也學會了這個英國字。

根據經驗，聽不懂的字多半是單音詞，如果訴諸聽覺，國如大海中的一艘船，最好改成國家好像大海中的一艘船，隋時的制度到了清時還沒有廢除，最好改成隋朝的制度到了清時還沒有廢除，夏雨冬雪都不能沒有，最好改成夏天下雨冬天下雪都不能沒有，熄了燈，坐在那裏等待窗明，最好改成熄了燈，坐在那裏看什麼時候窗戶明亮。行文時常常品味，油桶水桶聽筒信筒，行動清潔悲哀節省，但是雖然已經然而，可以是一個字也可以兩個字，是否兩個字比一個字好？警局機場市府可以兩個字也可以三個字，是不是三個字比較好？

把單音詞改成複音詞，我們要看一看前人的大破大立。黃金白銀蒼蠅老鼠，前面硬是加上形容詞，這時候我們可以明白，為什麼老鼠一生下來就要稱老。石頭桌子窗戶尾巴，後面硬是加上一個語尾，於是石有頭，桌有子，人家窗是窗，戶是戶，硬要送做一堆。最親近的稱呼都兩個音重疊，爸爸媽媽哥哥奶奶公公婆婆。為什麼？我們應該從中得到啟示。

都說中國的方塊字一字一音，翻譯佛經的時候，受拼音文字影響，發現漢字的字音可以分析，於是出現了聲母和韻母，聲母相同的字叫做雙聲，韻母相同的字叫做疊韻，根據經驗，雙聲字和疊韻字都容易聽錯。甜豆漿鹹豆漿容易聽錯，因為甜鹹疊韻，所以要問加糖還是加鹽？程家和陳家容易聽錯，因為程陳雙聲，所以要問程教授還是陳上校？這場比賽，我被日本打敗，還是我把日本打敗？這件東西賣多少錢？兩元吧、兩元八、還是兩元半？無線電報務員常需要口頭說出電碼，電碼不能聽錯，他們把1念成么，把7念成拐，因為1和7疊韻，他們把0念成洞，把6念成陸，因為0和6雙聲。這才避免多少喪師辱國。

最後最傷腦筋的是同音字，咱們字多音少，就拿手邊常用的小字典來說，隨手打開，一個屋字，陰平有13個字相同，陽平有16字相同，上聲有15字相同，去聲有23個字相同，合計52個字同音。人人知道同音字的禍患，民間流傳多少用同音字編成的笑話。

可是山東省有兩個縣，一個叫臨沂，一個叫臨邑。美國有兩個地方，一個譯成華府，一個譯成華埠。文學有兩個術語，一個是題材，一個是體裁。中國有兩種鳥，一個叫雁，一個叫燕。臺灣有位女作家，文章寫得不錯，署名邱季女，讀者切切私議，她自己不知道。後來在報刊上失蹤了，想是終於發覺不妥，換了筆名。有人給他孩子取名范桶，胡杜，王伯黨。有一次，在某個場合，朋友給我介紹一位來賓楊慕時，我以為是楊牧師，酬酢中連連稱他楊牧師，散場後朋友抱怨，你怎麼那麼不客氣，連名帶姓一直叫，我才恍然大悟。

由這些例證看，世人對同音字的警覺不高。讀文章，常常碰到這樣的文句：理行李，（收拾行李？）在鬧市鬧事，（大街上打人？）兩人的意志一致，（同心協力？）過著詩意的生活，（失意的生活？）這件襯衫的價錢不止一百元，（不值一百元）？再看：又有優游自在的生活，（又，有，優，游，四字回音）無所事事是世上最壞的習慣，（事，事，是，世，四字同音）辯論會分正反兩組，每組第一個出場的人叫主辯，下面接著出場的人叫助辯，主助難分，在會議中受到批評的人上臺為自己發言，稱為答辯，與大便難分。

有一個時期，咱們的學者專家討論可不可以把漢語寫成拼音文字。有人提出問題，同音字這麼多，怎麼能拼音呢，拼音以後怎麼聽得懂呢。有人提出答案，把單音詞變成複合詞好了，衣和益同音，衣裳和利益就分開了，成和程同音，成功和程度就分開了。警局，安理會，都是縮寫，縮寫是為了節省字數，節省字數是因為從前書寫工具不便利，當每一個字都得刻在木板上才可以印刷的時候，當時要想辦法少寫幾個字，現在還用得著嗎，我們把警局寫成警察局，把安理會寫成安全理事會，還會聽不懂嗎。

還有，前賢說過，求簡是文言文的習慣，文言文不能拼音，純淨的白話才可以拼音。古人說卵，你得說雞蛋，古人說雖，你得說雖然，古人說羨，你得說羨慕，古人說聚，你得說見面。古人說火，那是什麼？燒掉？火災？戰爭？古人說治，那是什麼？來做官？整理出來？天下太平？古人比賽求簡，「逸馬殺犬於道」得第一名，六個字寫出來省竹簡，印出來省木板，說給人家聽可就要費勁兒，一匹馬從馬棚裏逃出來，在大街上能跑多快就跑多快，大街中心那條狗來不及躲閃，被那匹馬踢死了！我們在這裏並非鼓吹拼音，我們只是討論聽得懂聽不懂，前賢這段話和我們前面提到的單音詞、複音詞共鳴，這番話提醒我們，單音詞多半來自文言，文章要人家聽得懂，就得明白該不該使用文言，怎樣使用文言。這是寫作者一生必修的功課，這裏先提個醒兒。

好了，到此為止吧。以上所說，偏重字音的負面作用。另有一面，利用字音製造談話趣味，編織故事情節，增加表現的能力，那些是以後的事了。

註：參考資料：〈文藝與傳播〉，王鼎鈞，三民書局出版。〈廣播寫作〉，王鼎鈞，空中雜誌出版。

—附錄三—

畫面

電視普及了，寫作的人又添了一門功夫，用畫面寫作。

電視用畫面呈現內容，改變了寫作的定義。「寫作是用語言文字表達思想感情」，這樣說還不夠，你得把思想感情變成畫面，再把畫面寫成文字。

鼓勵學習的人發現畫面，捕捉畫面，倒也並非完全為了電視。畫面可以使文章的內容生動充實，讓讀者印象深刻。當年臺北的中國語文學會多次舉行「新時代兒童創作展覽」，主其事者有意促使文字和圖畫相輔相成，就把比賽分成文字組和圖畫組，文字組寫的作品交給圖畫組的去畫，圖畫組的人畫出來的作品交給文字組的人去寫，通過評選對照展出。工作中發現，畫出來的作品一定能寫，寫出來的作品未必可以畫，因為有些文字沒有畫面。

「抬頭望明月」有畫面，「低頭思故鄉」沒有畫面，「那裏有森林煤礦，還有那漫山遍野的大豆高粱」，才有畫面。「五號公車最後一站，門口有一棵大榕樹，樹底下有公車站的站牌」，才有畫面。「春天去了，還會再來」，沒有畫面，「桃花謝了，還會再開」，有畫面。「人生如夢」，沒有畫面，「人生由牛痘、考試、喝啤酒、上網、結婚生子組成」，有畫面。「心中道德之律」，沒畫面，「頭上繁星之天」，有畫面。「天離地是多麼高，東離西是多麼遠」，沒有畫面。「愛有多深，恨也有多深」，沒有畫面。「真理只有一個，所以很難找到」，沒有畫面：都是名句，都沒有畫面。

我還記得，在新時代兒童創作展覽裏面，有一個孩子寫他全家到植物園遊玩，文章的重點是那個大池塘，孩子還沒有能力描寫那滿塘荷花，但是寫自己愛水，一片童心。他很想蹲到池邊看自己的影子，把手伸進水裏逗引游魚，媽媽總是往後面拉，拉他離水遠一點，抱怨池塘四周怎麼不圍起欄杆。孩子也有自己的想法，認為池塘四周應該有長椅，他們遊戲的時候，爸爸媽媽可以坐下來休息。

圖畫組有兩個人看圖作文，提出兩篇文章。兩篇文章都對荷花盡情發揮，沒寫出來的都畫出來，圖畫文章各有所長，圖畫又的確比文章討人喜歡，這也就是後來雜誌為什麼打不過電視。兩位小畫家又同中有異，一個在池塘周圍畫上欄杆，他大概也認為安全重要，另一個在池塘周圍畫上長椅，好像也覺得爸爸媽媽一直站在那裏太累了，小小年紀，就知道用畫彌補現實的缺憾，寄託自己的懷抱，很有意思。

看電視，不要只看故事有多熱鬧，明星有多漂亮，要看怎樣經營畫面。且說我看過的畫面吧，太太勸丈夫戒菸，人世間有個奇怪的現象，越是親近的人勸你，你越不聽，父母勸子女，妻子勸丈夫，總是失敗。這個能幹的妻子想了一個辦法，也就是編導設計了一個畫面，每逢丈夫點起一支菸的時候，她就當著丈夫的面點燃一張鈔票。丈夫說：太太，可惜了，她說，你也是在燒錢。她向他揮舞手中的火燄，他說：太太，小心，別燒了房子，她說，你也小心，別燒自己的身體，慢性火葬。這個畫面很強悍，有力量。

另一個情節是勸丈夫戒酒，在生活中，大都是苦口相勸，太依賴語言文字了，也太沉悶了，電視依賴畫面，丈夫喝酒的時候，太太用酒澆花，窗臺上花盆裏種了花。當然，花死了。有一天，丈夫端著酒杯，走向窗臺，想對花小飲，看見枯枝敗葉，怔住了。佛教說人可以突然大澈大悟，現在確有其事，此人立刻決定戒酒，把酒杯酒瓶嘩喇喇倒進垃圾桶，這個畫面也不壞。

最近看到一部大戲《大軍師司馬懿之虎嘯龍吟》，演出司馬懿的一生，歷史大事按下不表，且說司馬懿到了晚年，掌握魏國的軍政大權，他要除掉政敵曹爽。且看他上朝的那個場面，皇帝是個小孩子，離開座位走下來迎他，他說殺曹爽，滅三族，小皇帝照樣念一遍，殺曹爽，滅三族，司馬懿就算拿到了聖旨。文武百官排列兩旁，只見躬身朝拜的背影，服飾一律，姿勢一律，好像是裝飾性的木偶，這表示朝中都是應聲蟲，沒有雜音。他倒是俯伏在地，應對恭謹，但是整個大殿色調灰暗，他披著一件鮮紅的披風，成為視角上的焦點，這表示他是大魏朝政唯一的重心。

然後看他退朝，一個全景，照出臺階之多，顯示大殿之高，也照出臺階之長，顯示大殿之大，每一層臺階上有一個衛士，他們靠邊站，距離遠，身形小，姿勢僵硬，也是木偶。就在這個階級森嚴的畫面上，披著紅色披風的司馬懿像個旭日一樣在頂端出現，一步一步走下來。以他的身分，他的年齡，身旁總該有隨從照料，可是沒有，編導故意安排沒有，讓他披風的紅光充沛空虛的畫面，顯示他的權勢，也看出他的孤獨，讓他像雄獅猛虎獨來獨往，落入弱肉強食的叢林境界。編導什麼也沒說，讓圖畫自己顯示，這叫做「會說話的圖畫」，不需要文字語言。

說畫面，忘不了唐朝的王維「詩中有畫、畫中有詩」。王維的畫沒見過，詩流傳很廣，大概因為每幅畫只有一張，詩可以印千本萬本，熬得過天災人禍，水火兵蟲，這些地方文字比圖畫強。「明月松間照，清泉石上流」，月色一片光明，照見松林，顯得松林幽暗，照見石上的泉水，泉水顯得晶瑩可愛，這種對光線的敏感和使用，正是畫家的專長。「大漠孤煙直，長河落日圓」，現代人佩服得不得了，說這是抽象畫，幾何圖形，稀有難得。

王維不但寫靜止的畫面，還寫流動的畫面，「竹喧歸浣女，蓮動下漁舟，」一群女孩子，結伴到溪邊洗衣服，她們穿過竹林中的一條小徑，回來了。竹喧，可以解釋為竹林裏傳出來她們說說笑笑的聲音，也可以解釋為安靜的竹枝忽然嘩喇嘩喇響，因為浣女擦身經過，碰撞了、搖動了它們。不管是哪種聲音，都不固定在一點上，都會流動延長，形成「動畫」。「蓮動下漁舟」，可以解釋為漁船要出去打魚了，從家門口種了一片蓮花的池塘裏開出去，這一池的蓮花蓮葉都搖搖擺擺，好像是歡送。也可以解釋為看見蓮花擺動，就知道漁船要出去作業了。我比較傾向竹喧而後知浣女歸矣，詩人是有視角的，王維寫的是一個極靜的環境，竹本來不喧，蓮本來也不動。從他的角度看，這兩句應該不是倒裝。不管是哪一種解釋，這兩句詩都是寫動態，動態也延長繼續，不固定在一點上。這種「動畫」更使人想到電視電影。

其實不止王維一人詩中有畫，「人面桃花相映紅」，崔護有畫，「傍花隨柳過前川」，程顥有畫，「似此星晨非昨夜，為誰風露立中宵」？黃景仁有畫，「一片降幡出石頭」，劉禹錫有畫。「驚濤拍岸，捲起千堆雪」，蘇東坡也有畫，「無邊落木蕭蕭下，不盡長江滾滾來」，杜甫也有畫，而且是動畫，畫面的景象不停的更新，你什麼時候想到它，它都是一幅新畫。到了銀幕螢幕上，畫面就固定了，永遠是那樣的落葉、那樣的江水了，這又是文學勝過畫面的地方。畫面並非為電視而存在，只是電視需要畫面，使我們想起畫面重要，只是現在有電視，我們比古人多了一個機會。

畫面，小說裏頭也有。《紅樓夢》第五十回，大觀園眾家姑娘在蘆雪庵賞雪聯句，寶玉成績太差，應該受罰，李紈罰他到櫳翠庵討一支紅梅來插瓶，而且限他獨自一個人前往。櫳翠庵是妙玉出家修行的地方，妙玉是一個年輕漂亮的尼姑，她見了寶玉會有很微妙的反應，這些不去管它，單說寶玉一個人扛著一支紅梅在雪地上走來，就是很好的畫面。與其說《紅樓夢》的作者寫到此處考慮怎樣罰寶玉，勿寧說他在考慮在此處穿插一個什麼樣的畫面。

散文裏面也有畫面。我喜歡湖，曾經用畫面寫湖。我說湖比山親切，湖中看山，山變成平面上的色彩線條了，有畫意，第一個發明繪畫技術的人，也許是在湖邊恍然大悟。當時是夏天，湖中的山林真個翠綠欲滴，想像秋天滿山紅葉，滿湖霞彩，想像冬天冰封雪飄，只見地上一塊無瑕的玉石。當時是晴天，想像風雨動靜、明暗變化，一湖變千湖。當時是白晝，想像夜間湖中有月，儼然宇宙初造。想像它春天嬌美，夏天慵懶，秋天冷靜，冬天孤傲。有一個湖，你就有這麼多，多到你沒法離開。

連論說文都有畫面。他說工作要專心，立刻奉送一個畫面：右手畫圓左手畫方則不能兩成。他說做事要得法，懂竅門兒，加上一句「吹簫，一頭吹得響，一頭吹不響，你應該知道吹哪一頭」。他說要珍重你現有的，不要只想你沒有的，你看：二鳥在林，不如一鳥在手。他成大事立大業要不拘小節，即使是上帝，他也得「江河萬里，挾泥沙以俱下」。

當年梁任公痛感中國人暮氣沉沉，缺少冒險進取的精神，希望我們的民族年輕起來，他發過下面一段議論，你看他句句是畫面：

老年人如夕照，少年人如朝陽。老年人如瘠牛，少年人如乳虎。老年人如僧，少年人如俠。老年人如字典，少年人如戲文。老年人如鴉片煙，少年人如潑蘭地酒。老年人如別行星之隕石，少年人如大洋海之珊瑚島。老年人如埃及沙漠之金字塔，少年人如西伯利亞之鐵路。老年人如秋後之柳，少年人如春前之草。老年人如死海之潴為澤，少年人如長江之初發源。

註：參考資料：〈文藝與傳播〉，王鼎鈞，三民書局出版。

—附錄四—

文言白話

我們現在寫的是白話文。白話是以北京話為中心，以黃河流域下游通行的語言為底本，吸收文言，吸收方言，吸收外來語，調成的一杯雞尾酒。我得多說一句：這是事實如此，並非我主張如此，我知道有人認為不該如此，我不參加爭辯，也不能等爭辯結束再談寫作。

現在要說的是，白話文吸收文言。為什麼既有白話、又有文言呢，這個文言從哪兒來的呢，有學問的人說，語言有變遷，古人說的話跟今人說的話不一樣，古人的「哂」，到了今人就變成了笑。有學問的人又說，古人寫字很不方便，能少寫一個就少寫一個，「鄭伯克段」，是說鄭國的國王把一個叫共叔段的叛臣打敗了，消滅了。文言求簡，跟語言拉長了距離。

文言是根源，白話是發展，前輩作家先學文言，後寫白話，他們的白話和文言還不能水乳交溶，常有夾生的現象，像一鍋米飯沒煮好，熟飯裏頭有一粒一粒的生米。舉例來說，「他曾提出要求，但我並未允」。這「未允」兩個字就是生米，如要全鍋煮熟，恐怕要寫成「沒有答應」，連帶前面的「並」要改成並且，前面的「但」要改成但是。

再舉一個例子：「膏將盡了，剩一團黑影」。膏，肥肉，油脂，可以指臘燭，成語有焚膏繼晷。膏將盡了，臘燭快要點完了。「膏」字在這裏很夾生，「將盡」本來還可以，和「膏」字連起來一併夾生。這樣寫有什麼必要呢？沒有，只是一時掙不脫文言文的束縛。

想那新文學運動展開的年代，前輩作家都是先學好了文言，後提倡白話，他們說要寫好白話文，你得先學好文言文，他們在文言轉化為白話的時候還不免常有敗筆，這是我們今天後學要繼續研習的功課。今天我們先學白話，後學文言，和先賢的軌跡不同，文言白話兩種教材，兩種教法，對學習者發生兩種不同的影響，這兩種影響到了學習者身上，一時還不能相生相長，學文言，不能增加他使用白話的能力，學白話，不能增加他欣賞文言的能力。我們得努力克服。

是不是可以放棄文言、專寫白話呢，前賢也有人主張一清見底的「陽春散文」。首先要說，把這樣的散文寫好也不容易。然後要說，寫兒童讀物，寫文盲的啟蒙讀物，當然需要用這種散文。但是，這可以是我們的一種散文，不可以是我們全部的散文。作家還要有更廣更深的表現，那時他會發現，他需要文言，需要方言，需要外來語，甚至需要自己創造一些詞彙，一些句法。說個比喻：寫作如博弈，籌碼要多。寫作好比經商，資源要豐富。寫作好比作戰，你得有各種武器，有了機槍還要步槍，步槍瞄準精確，可以狙擊。有了步槍還要槍榴彈，槍榴彈可以消滅射擊死角。有了砲兵還要空軍，空軍可以轟炸敵人後方。有了空軍還要火箭。你去看看，雕刻家有幾種刀？書法家有幾種筆？樂隊樂團有多少樂器？單說你的錢包裏也不能只有一張大鈔。

基本上，文言可以儘量兌換成白話。文言：「淵源有自」，白話：「水有源頭木有根」。文言：「不合時宜」，白話：「六月賣氈帽，正月賣門神」。文言：「沈魚落雁」，白話：「狗見了不咬，鳥見了不飛」。文言：「百足之蟲，死而不僵」，白話：「瘦死的駱駝比馬大」。文言：「否極泰來」，白話：「十年河東，十年河西」。文言：「明足以察秋毫之末而不見輿薪」，白話：「蝨子在路上過都看到了，老牛在路上過倒沒看見」。文言：「相驚伯有」，白話：「活見鬼」。文言：「江河日下」，白話：「一年不如一年」，或「一代不如一代」。平時讀書或聽人談話暗中留心，隨時記下，兼收並蓄，增加武器，儲存資源。

當前有一個趨勢，讀過文言文的人越來越少了，順應這種趨勢，除了學術論著，你我為讀者大眾寫文章，文言的成分越少越好，用文言典故顯示學問根柢也許疏離了許多讀者。文言典籍，我們仍然應該大量閱讀，但是避免直接使用。要懂得變化吸收，文言才可以使我們的白話文寫得更好，那些不愛文言的讀友們，還是可以從我們的白話文裏攝取文言的營養。

我曾經建議一種辦法，自己也做過，用白話溶解文言，文言失去自己的面目，實際上仍然留在裏面。我們讀過「兔脫」，可以寫出「敵人突圍成功，他們跑得比兔子還快」。我們讀過「借鑑」，可以寫出「派人出國考察，借個鏡子照一照」。我們讀「滄桑」，可以寫出「那地方本來是秘密警察總部，現在是反對黨辦的電視台，那地方本來是神學院，現在是舞廳」。我們讀過「摩頂放踵」，可以寫出「如果怎樣怎樣，我這輩子情願頭朝下，腳朝天」。我們讀過「鬼斧神工」，可以寫出「完成這樣的工程，真得有上帝那樣的工作能力」。我們讀過「死傷枕藉」，可以寫出「屍體倒下來，壓在傷兵身上，傷兵又倒下來，壓在屍體上，層層疊疊」。文言不是求簡嗎，我們把它打包裝箱的東西釋放出來，就是白話了。

破解文言，還原白話，我稱為變奏。我寫過：「下棋落子，有時需要仔細思考，思考很久，這時，手指捏著一枚棋子，輕輕敲著桌面，非常好聽。也是無意識的動作，為了屋子裏有那聲音。桌面輕輕震動，燈花落下來，我吃了一驚」。這段話我變奏了「閒敲棋子落燈花」。我寫過：「我離開長安也是這條路，你回去長安也是這條路，我們都騎在馬上，交臂而行，勒馬相遇。你看我們的來時路多麼長，這一頭的太陽也照不到那一頭的長安」。我變奏了「故園東望路漫漫」。我寫過：「你沿著這條路走下去，有老人，沒有你的父母，有炊煙，沒有你的食物，有學校，沒有你的同學，有教堂，沒有你的菩薩。」我變奏了「西出陽關無故人」。我寫過：「春花的萬紫千紅，是合唱，秋花的萬紫千紅，是呼喊。春花的萬紫千紅，是炫耀，秋花的萬紫千紅，是奮鬥。春花的萬紫千紅，是化妝，秋花的萬紫千紅，是面具。春花的萬紫千紅，是詩歌，秋花的萬紫千紅，是戲劇。」我變奏了「霜葉紅於二月花」。我寫過：「我也覺得東風沒有自己的家，與其繼續飄泊，何如和你我比鄰落戶？我們何其盼望六合回春、四季皆春、這樣的成語能成為現實的描述？謝謝你，為我們共同的心願，你吶喊了幾千年」。我變奏了「不信東風喚不回」。

有時候，我使文言和白話並列出現。我寫過：「未有學養子而後嫁者也，他老人家哪裏料到，新娘學校在學生未結婚時教她們怎樣養孩子，那些十幾歲的大姑娘小姑娘先學妊娠知識、哺乳知識，還要加上避孕知識，不但學養子而後嫁，還學「不養子而後嫁」。我寫過：「君君臣臣父父子子，君臣父子都知道自己擔當什麼樣的角色，都照着古聖先賢編定的劇本念自己的台詞、做自己的動作。」我在放進文言的生米之後緊接着用白話蒸煮，不讓它夾生。

另外一種情況，我還寫過：「初戀是不會忘記的，刻骨銘心，奈何我後來嫁給別人了，嫁雞隨雞，嫁狗隨狗，你不能希望我東家食而西家宿」。我還寫過：「愛情，深閨似海不能禁止，男女授受不親不能禁止，父教子死不得不死無法禁止。愛情莫之為而為，莫之至而至，愛情行其所不得不行，止其所不得不止」。這是先用白話鋪陳，後用文言確認，一錘定音，回響滿紙。

由此可見，文言和白話都可以是同篇文章的一部分，彼此相通相成。現在，《古文觀止》，不論哪一種版本，都在每篇文章後面附一篇白話翻譯，你讀了那樣乾乾淨淨的譯文有沒有悵然若失？這樣一篇文章如何「觀止」？為了打破語言的障礙，翻譯特別偏重字句兌換，使譯文中完全沒有文言的成分，流失了藝術精華。新文學運動的先賢告訴我們：「古人叫做欲，今人叫做要，古人叫做至，今人叫做到，古人叫做溺，今人叫做尿……古人懸樑，今人上吊，古人乘輿，今人坐轎，古人加冠束幘，今人但知戴帽」。但是，今後的白話文學，決非把「欲」換成「要」，把「溺」換成「尿」，就可以了事。

作文七巧

作者　王鼎鈞

社長　陳蕙慧
副社長　陳瀅如
責任編輯　陳瓊如（初版）
行銷業務　陳雅雯、趙鴻祐
校對　王鼎鈞、魏秋綢
封面設計　莊謹銘
內頁排版　宸遠彩藝
印刷　呈靖印刷股份有限公司

出版　木馬文化事業股份有限公司
發行　遠足文化事業股份有限公司（讀書共和國出版集團）
地址　231023 新北市新店區民權路 108 之 4 號 8 樓
電話　02-2218-1417
傳真　02-8667-1065
客服信箱　service@bookrep.com.tw
客服專線　0800-221-029
郵撥帳號　19588272 木馬文化事業股份有限公司
法律顧問　華洋法律事務所蘇文生律師

初版一刷　2018 年 10 月
初版五刷　2023 年 12 月
定價　NT$360

ISBN　978-986-359-592-2（平裝、EPUB）

國家圖書館出版品預行編目

作文七巧 / 王鼎鈞著 . -- 初版 . -- 新北市 : 木馬文化出版 : 遠足文化發行 , 2018.10
264 面 ; 14.8×21 公分
ISBN 978-986-359-592-2(平裝)

1. 漢語　2. 寫作法
802.7　107015497